살아가는 동안 마음에 꼭 심어야 할
좋은 씨앗들

살아가는 동안 마음에 꼭 심어야 할
좋은 씨앗들

윤영준 엮음

징검다리

『살아가는 동안 마음에 꼭 심어야 할 좋은 씨앗들 』을 보면서

명언은 너무 훌륭해서 참으로 좋았다. 그렇게 세월이 흘러가도 변하지 않는 주옥같은 글들을 대할 때 무척 산뜻했다. 진실하고 착하고 아름다운 글 속에서 진리를 찾을 수 있었다. 방황하는 사상의 혼돈 속에서 한 줄기 빛과 같은 인생교훈을 주는 것 같았다. 우리에게 너무나 꼭 필요한 글이기에 외우고 또 외워도 끝이 없는 것 같았다.

평화와 행복을 가져다주는 기쁨과 즐거움을 지식과 지혜에서 찾고자 애쓴 종교가, 사상가, 문학가의 산 체험을 마음속에 재현할 수 있어서 얼마나 보람찬 일인지 모르겠고 아마 누구에게나 권해도 될만한 명언들로 구성되어 있어서 좋았다.

정말 우리를 변화시킨 위대한 인물들의 글 속에서 우리의 삶을 새롭게 단장시킬 수 있었고, 이렇게 정선한 명언을 다시

금 대한다는 보람을 가질 수 있었다. 우리가 살아가는 동안 언제나 불행이 닥칠 수 있는 위험한 세상 속에서 위기를 극복하기 위한 명언이 꼭 필요하리라.

—성찬경 (전 성균관대 교수, 예술원 회원, 영미문학자)

인간의 위대함은 자기 자신의 보잘것없음을 깨닫는 점에 있습니다.

명언은 우리에게 큰 교훈을 주기에 많은 명언을 찾다가 새롭고 창의적인 옛 성현 14인의 명언을 골라 인생의 교훈을 삼고자 했습니다.

새롭기만 하고 창의적이지 않은 명언과 창의적이긴 하나 새롭지 않은 명언은 되도록 쓰지 않기 위해 노력했습니다. 그러한 점에 대해 양해를 구합니다.

참으로 좋은 글이 있기에 소개하지 않을 수 없는 충동을 느꼈고 작가 자신도 흠뻑 빠져 너무나 명쾌한 기분을 가질 수 있었습니다.

인터넷의 혼란 속에서 인생의 방향을 똑바로 정할 명언이 이 시대에 꼭 필요하리라 봤고 이 명언들을 인생의 목표로 삼길 바라는 희망을 가졌습니다. 쾌락을 절제할 수 있는 글은 언어의 기쁨을 주는 명언이었습니다. 순간적이고 일시적인 쾌락보다 영구적이고 지속적인 기쁨이 훨씬 유익할 것입니다.

희망의 교훈이 우리에게 얼마나 만족을 주는지 다시 외우고 외워도 좋습니다. 너무나 좋은 글이기에 마음속에 깊이 간직하고자 합니다.

좋은 인물에서 좋은 글이 나오리라 확신하면서 이 좋은 신념을 영원히 간직하고 파 노력하고 누구나 한결같이 좋아하는 글을 모아 더욱 좋은 문화와 교양이 이루어지길 바랍니다.

아무리 시대가 변해도 우리에게 산 진리로 와 닿는 글은 흔하지 않습니다. 여기에 실린 글은 시대와 역사를 통해 꼭 필요한 명언이리라 보고 우리 모두에게 희망의 교훈이리라 봅니다.

윤영준

■ 차례

몽테뉴

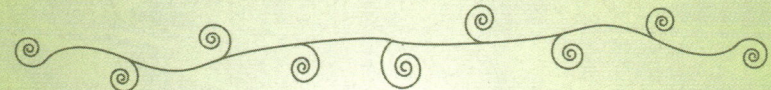

사람들은 행복과 불행은 모두 운명에 달렸다고 생각합니다. 그러나
실제로는 운명은 우리에게 그 기회와 재료와 씨를 제공할 따름입니다.

가난과 부유함은 각 사람의 마음가짐에 달려 있습니다. 부는 권세와 건강과 마찬가지로 그것을 가진 사람이 느끼는 아름다움과 기쁨에 따라 다릅니다. 사람은 마음을 먹기에 따라 행복하기도 하고 불행하기도 합니다.

건강은 참으로 귀중한 것입니다. 이것은 실로, 사람들이 그 추구를 위하여 시간뿐 아니라 땀이나 노력이나 재능까지도, 아니 생명까지도 소비할 값어치가 있는 유일한 것입니다. 그러니 건강을 위해 노력해야 합니다. 건강을 위해 주의해야 합니다. 건강을 위해 충분한 시간을 배려해 주어야 합니다.

가장 명백한 지혜의 징표는 항상 유쾌하게 지내는 것입니다.

고통을 주지 않는 것은 쾌락도 주지 않습니다.

결혼은 새장 같은 것입니다. 밖에 있는 새들은 함부로 들어오려고 하나, 안의 새들은 함부로 나가려고 몸부림칩니다.

결혼이란 경건하고 신성한 결합입니다. 그러므로 거기에서 얻어지는 즐거움은 억제되고 진지하며 조심스럽고 양심적인 쾌락이어야 합니다.

누가 자기의 돈을 남에게 맡기겠는가? 그러나 자기의 시간과 생명을 남에게 맡기고 돌아보지 않는 사람은 많습니다. 우리는 한 푼 돈에는 인색하면서도 시간과 생명을 한없이 낭비하고 돌아보지 않습니다. 돈에 인색한 만큼 시간과 자기 생명에 대하여 인색하다면, 그것은 매우 유익한 일이며 칭찬할 만한 일입니다.

나는 오직 내 자신을 연구하고 고찰할 수 있을 뿐이며, 설령 내가 내 밖의 어떤 것을 연구한다 하더라도 그것은 단지 그것을 내게 적용시키기 위한 것에 지나지 않습니다.

　나는 인내하는 데에는 마음을 강하게 하고, 욕심을 부리는 데에는 마음을 둔하게 하고 있습니다. 다만 내가 구할 수 있는 방향에서 손에 닿는 것을 구할 뿐입니다.

기도는 하늘의 축복을 받고 노동은 땅에서 축복을 파냅니다. 기도는 하늘에 차고, 노동은 땅에 차니, 이 둘이 당신의 집에 행복을 실어다 줍니다.

　내가 종교적으로 나 자신에 대해 고백할 때 내가 가지고 있는 어떤 최상의 미덕이라 할지라도 그 속에는 악덕의 기색이 섞여있는 것을 깨달았습니다.

　독서만큼 값이 싸면서도 오랫동안 즐거움을 누릴 수 있는 것은 없습니다.

　마음에도 없는 말을 하기보다 침묵하는 쪽이 차라리 그 관계를 해치지 않을 지도 모릅니다.

　만약에 내가 또 다시 이 인생을 되풀이해야 한다면 내가 지내왔던 생활을 다시 하고 싶습니다. 과거를 후회하지 않고, 미래를 두려워하지도 않기 때문입니다.

　사람은 제각기 자신만이 가지고 있는 기질이 있고, 자기가 살아 나가는 방법이 있습니다. 한 마디로 그 사람마다 자신이 가진 습관과 개성이 있습니다. 그러나 우리는 대개 자신의 습관을 너무 고집하고 우겨대는 폐단이 있습니다.

　사람의 생활이라는 것은 자신 혼자만이 아닌 여러 사람과 어울려 살기 때문에 여러 가지 경우가 뒤엉켜 있는 경우가 많습니다. 그렇기 때문에 꼭 한 가지 방법만으로 살아 나아간다는 것은 자연스러운 일이 아닙니다.

누구나 자신만의 방법으로 자신의 생활을 하는 것과 한 가지 방법으로 자신의 생활을 하는 것은 자유지만, 단 한 가지 방법에 매여 있는 것은 도리어 자기 자신을 노예화하는 결과가 됩니다.

　절대적으로 가장 좋은 방법이라는 것은 없는 법이니, 때와 경우에 따라서 방법을 달리할 수도 있어야 합니다. 그러나 사람들은 자신의 방법에 애착이 심하여 그 테두리에서 쉽게 벗어나지 못하는 단점이 있습니다.

　사람들은 행복과 불행은 모두 운명에 달렸다고 생각합니다. 그러나 실제로는 운명은 우리에게 그 기회와 재료와 씨를 제공할 따름입니다.

　사람에게 영혼의 가치라는 것은 높이 올라가는 점에 있는 것이 아니라, 오히려 올바르게 행동하는 점에 있는 것입니다. 그것이야말로 참된 학문입니다.

　소유물의 부족은 개선할 수 있으나 영혼의 가난은 해결하기 쉬운 것이 아닙니다.

　부귀도 명예도, 그리고 지식도 미덕도 사랑도 건강이 없으면 모두 낡고 사라져 버립니다.

　재물의 부족은 채울 수 있지만 영혼의 부족은 회복할 수 없습니다.

아무리 탁월한 재능이라도 무위도식하게 되면 사멸하게 됩니다.

  어리석은 자의 가장 확실한 증거는 자기 주장을 고수하고 흥분하는 것입니다.

  하나의 가정을 원만하게 다스린다는 것은 한 나라를 통제하는 것보다 더 어려운 일입니다.

인생에서 만족을 찾느냐 못 찾느냐는 지난 세월의 이야기가 아니라 의지에 달려 있습니다.

인생은 꿈입니다. 우리는 깨면서 자고 자면서 깹니다.

인생은 본래 선도 악도 아닙니다. 어떻게 사느냐에 따라서 선의 무대가 되기도 하고 악의 무대가 되기도 합니다.

인생의 효용은 그 길이에 있는 것이 아니라 그것을 사용하기에 달려 있습니다. 그래서 짧게 살고도 오래 산 사람이 있습니다.

올바른 사람은, 가정에서 좋은 가장일 뿐 아니라 사회에 나가서도 법률과 비평 앞에 좋은 사회인인 것입니다. 참된 인격은 사회에서 존경을 받는 것만으로는 부족합니다. 가정에서도 아내와 자식에게 존경을 받을 수 있어야 합니다.

우리는 양심의 만족보다는 영예를 얻기에 바쁩니다. 그러나 영예를 손에 넣는 가장 가까운 길은 영예를 위한 노력보다는 양심을 지키기 위해 노력하는 양심에 만족한다면 그것이 가장 큰 영예입니다.

자연은 우리에게 걷기 위한 다리를 준 것과 마찬가지로 인생에 대한 지혜도 주었습니다. 지혜라고 해도 철학자들이 생각해 낸 것 같은 교묘하고 굳건하며 과장된 것이 아닌 우리에게 알맞고 평이하며 건강한 지혜입니다.

자연은 친절한 안내자입니다. 현명하고 공정하며 상냥합니다.

　우리들은 거짓 간판을 내걸고 명예를 얻으려 합니다. 덕은 다만 그 자체를 위해서만 추구됩니다. 덕은 다만 그 자체를 위해서만 추구됩니다. 그래서, 때로 인간이 다른 동기에서 덕의 가면을 쓰더라도 덕은 얼마 안 있어 우리들의 얼굴 위에서 가면을 벗겨냅니다. 덕은 자기 고유의 빛을 간직하고 있고, 그것이 그대로 순수하게 사람들에게 보여지기를 원하고 있습니다.

　자기가 아는 것이 아주 조금이라는 것을 알기 위하여 많은 것을 알 필요가 있는 것입니다.

　재주가 비상하고 뛰어나더라도 노력하지 않으면 쓸모가 없는 것입니다.

절대적으로 가장 좋은 방법이라는 것은 없는 법이니, 때와 경우에 따라서 방법을 달리할 수도 있어야 합니다. 그러나 사람들은 자신의 방법에 애착이 심하여 그 테두리에서 쉽게 벗어나지 못하는 단점이 있습니다.

타인의 지식에 의해 박식해질 수는 있으나 지혜로운 자가 되려면 자기 자신의 지혜가 있어야 합니다.

탐욕은 일체를 얻고자 욕심을 내어서 도리어 모든 것을 잃어버립니다.

현명한 사람이 어리석은 사람에게서 배우는 것이, 어리석은 사람이 현명한 사람에게서 배우는 것보다 많습니다.

학식도 미덕도 건강이 없으면 퇴색합니다.

셰익스피어

사람의 일생은 한 순간의 여유마저 없습니다. 그런데도 사람들은
영원히 살 것처럼 한순간 한순간을 소홀히 여깁니다.

　구하면 못 얻을 것이 없습니다. 그러나 젊은 사람들은 이 점을 잘 모르고 열린 감이 입으로 떨어지기만을 기다리고 있습니다. 희망은 산과 같은 것입니다. 저쪽에서는 기다리고, 단단히 마음먹고 떠난 사람들은 모두 산꼭대기에 도착할 수 있습니다. 산은 올라가는 사람에게만 정복됩니다. 마음을 기쁘게 해주면 많은 해로움을 막고 수명을 연장할 수 있습니다.

　남의 잘못에 대해서 관용하라. 오늘 저지른 남의 잘못은 어제의 내 잘못이었던 것을 생각하라.

　잘못이 없는 사람은 하나도 없습니다. 완전하지 못한 것이 사람이라는 점을 항상 생각해야 하는 것입니다. 우리는 언제나 정의를 받들어야 하지만, 정의만으로 재판을 한다면 우리들 중에 단 한 사람도 구원을 받지 못할 것입니다.

내가 먼저 할 일은 나 자신에게 진실해야 한다는 점입니다. 어찌 자신이 진실하지 못하면서 남이 나에게 진실하기를 바라겠는가? 만일 그대가 그대에게 진실하다면 밤이 낮을 따르듯 아무도 그대에게 거짓말을 하지 않게 될 것입니다.

겁쟁이는 죽음에 앞서서 여러 차례 죽지만, 용기 있는 자는 한 번밖에 죽지 않습니다.

공기처럼 가벼운 사소한 일도, 질투하는 이에게는 성서의 증거처럼 강력한 확증입니다.

　마음의 준비만이라도 되어 있으면 모든 준비는 완료된 것입니다.

　뿌리가 없으면 꽃이 피지 못합니다. 인격은 사상의 뿌리입니다. 사상은 작으나 크나, 그 사람의 인격을 토대로 해서 세워진 하나의 건축입니다. 토대와 밑받침 없는 사상은 허물어지기 쉽습니다. 꽃에 향기가 있듯이 사람에게도 품격이란 것이 있습니다. 꽃도 그 생명이 생생할 때에 향기가 신선하듯이 사람도 그 마음이 맑지 못하면 품격을 보전하기 어렵습니다. 썩은 백합꽃은 잡초보다 오히려 그 냄새가 고약합니다.

사랑은 맹목적입니다. 연인들은 자기 스스로 저지르는 어리석음을 잘 보지 못합니다.

사랑은 첫인상과 함께 시작됩니다.

사랑을 하고 있는 사람의 귀는 아무리 낮은 소리라도 다 알아듣습니다.

사랑이란 이를테면 깊은 한숨과 함께 솟는 연기가 되고, 맑아져서는 연인의 눈동자에 반짝이는 불이 되고, 흐트러져서는 연인의 눈물에 넘치는 큰 바다가 됩니다. 그뿐 아니라 매우 분별하기 어려운 광기, 숨막히는 고집인가 하면, 생명을 기르는 달콤한 이슬이기도 합니다.

당신의 입술에게 경멸하는 말을 가르치지 말라. 그 입술은 입맞춤하려고 있는 것이지 멸시의 말을 하기 위해 만들어진 것은 아닙니다.

말리면 말릴수록 불타는 것이 사랑입니다. 졸졸 흐르는 시냇물도 막으면 막을수록 거세게 흐릅니다.

명예는 물 위의 파문과 같으니, 결국은 무(無)로 끝납니다.

미덕을 몸에 익히지 못했다면 하다 못해 그 시늉이라도
하라.

인생은 불확실한 항해입니다.

　돈은 빌려주지도 말고 빌리지도 말라. 빌린 사람은 기가 죽고, 빌려준 사람도 자칫하면, 그 본전은 물론, 그 친구까지도 잃게 된다.

　돈을 빌려주면 종종 돈은 물론이고 친구까지 잃습니다. 돈을 빌리면 흔히 검약의 마음이 둔해집니다.

　성실치 못한 벗을 가질 바에는 차라리 적을 가지는 편이 낫습니다. 천박한 벗처럼 위험한 것이 없기 때문입니다.

　사람과 사람의 우정은 현자라도 맺기가 어려운데 어리석은 자는 너무나 쉽게 잃습니다.

　사람들 중에는 죄로 인해 성공하는 사람이 있는가 하면 미덕 때문에 망하는 사람도 있습니다.

사람은 마음이 유쾌하면 종일 걸어도 싫증이 나지 않지만, 걱정이 있으면 불과 10리 길이라도 싫증이 납니다. 인생의 행로도 이와 마찬가지로, 항상 밝고 유쾌한 마음을 가지고 걷지 않으면 안 됩니다.

사람의 일생은 한 순간의 여유마저 없습니다. 그런데도 사람들은 영원히 살 것처럼 한순간 한순간을 소홀히 여깁니다.

사람은 자신의 손에 있는 것은 정당한 값으로 평가하지 않지만, 일단 그것을 잃어버리면 가치를 부여하게 되는 것입니다.

슬픔은 시간의 걸음걸이를 헝클어 놓고 고요한 잠을 깨뜨려 버립니다. 밤을 아침으로 만들고 대낮을 밤으로 만들고 맙니다.

실수에 대해 변명하면 그 실수를 한층 더 돋보이게 할 뿐입니다.

　실수의 변명은 늘 그 변명 때문에 또 하나의 다른 실수를 범하게 됩니다. 한 가지 과실을 범한 사람이 또 하나의 거짓말을 하게 되는 것은 그 때문입니다. 현실은 현실 그대로 받아들이고 처리하는 것이 가장 유익합니다.

슬픔이란 누구든지 이겨낼 수 있는 일입니다. 그런데 이 슬픔을 이겨내지 못하는 사람은 늘 슬픔뿐입니다.

배반당하는 자는 배반으로 인해서 상처를 입게 되지만, 배반하는 자는 한층 더 비참한 상태에 놓여지게 마련입니다.

세상의 모든 일에는 왜, 어째서라는 원인과 이유가 있습니다.

　속으로는 생각해도 입밖에 내지 말며, 서로 사귐에는 친해도 분수를 넘지 말라. 그러나 일단 마음에 든 친구는 쇠사슬로 묶어서라도 놓치지 말라.

　신중하되 천천히 하라. 빨리 뛰는 것이야말로 넘어지는 것입니다.

　역경이 사람한테 부여하는 것이야말로 아름답구나. 그것은 두꺼비와 같아서 더럽고 독을 품고는 있지만, 그 머리 속에는 보석을 감추고 있습니다.

　우리 인생의 옷감은 선과 악이 뒤섞인 실로 짜여진 것입니다.

　타인의 비판은 되도록 받아들이는 것이 좋지만 타인의 판단은 따로 두는 것이 현명합니다.

험한 산을 오르기 위해서는 처음에 천천히 걸어야 합니다.

아비가 누더기를 걸치면 자식은 모르는 척 하지만, 아비가
돈주머니를 차고 있으면 자식들은 모두 효자가 됩니다.

참으로 자녀를 아는 아버지는 그야말로 현명한 사람입니다.

우선 계획은 잘 짜여진 적절한 것이어야 한다는 것이 첫째
조건입니다. 이것이 확인되면 단호하게 실행합니다. 약간의
싫증 때문에 실행의 결의를 포기해서는 안 됩니다.

이것이 최악이라고 말할 수 있는 동안은 아직 괜찮습니다.

독서나 독서의 힘은 노력으로 갖추어질 수가 있습니다.

일단 일에 참여하면, 목표로 한 일을 성취할 때까지 손떼지
말라.

작은 불은 발로 끌 수 있어도 큰불이 되면 강물로도 끄지 못
합니다.

주먹으로 때리는 사람보다 웃는 얼굴로 대하는 사람을 나는 제일 무서워합니다.

비참한 인간들에겐 희망이 약입니다.

싸움에는 항상 조심하라. 그러나 일단 휘말려 들었다면 상대가 경계할 때까지 하라.

아름다운 자비는 고결함의 진정한 상징입니다.

죽음이 다가오는 것을 그처럼 두려워한다는 것은 바로 생전의 사악한 생활의 증거입니다.

참된 사랑의 힘은 태산보다 강합니다. 그러므로 그 힘은 거대한 힘을 가지고 있는 황금일지라도 무너뜨리지 못합니다.

많은 남아들이 웅변을 토하여 설득해 항복시키지 못한 일을 한 여성의 친절이 해냈습니다.

정직만큼 부유한 유산도 없습니다.

현실의 공포는 마음에 그리는 공포만큼 두렵지 않습니다.

최상급의 용기는 분별력입니다.

구해서 얻은 사랑은 좋은 것입니다. 그러나 구하지 않고 얻은 것은 더욱 좋습니다.

궁핍한 사람에게 필요한 약은 오직 희망이며, 부유한 사람에게 필요한 약은 오직 근면뿐입니다.

가난해도 만족하는 사람은 부자입니다.

진정한 사랑의 길은 험한 가시밭길입니다.

파 스칼

무엇이든지 풍부하다고 반드시 좋은 것은 아닙니다. 더 바랄 것 없이
풍족하다고 해서 그만큼 기쁨이 큰 것은 아닙니다. 모자라는
듯한 여백. 그 여백이 오히려 기쁨의 샘입니다.

가장 소중하고 불요불급한 것만 빼놓고 쓸데없는 것들만 생각합니다. 곧 춤, 음악, 노래, 집, 재산, 권력을 생각합니다. 그리고 심지어 부자와 왕을 시샘합니다. 하지만 그들은 그런 것들이 인간다운 삶에서 정말 필요한 것인가 전혀 생각하지 못합니다.

결점이 많다는 것은 나쁜 것이지만 그것을 인정하지 않는 것은 더 나쁜 것입니다.

고뇌하는 사람을 도울 수 있는 가장 좋은 방법은 그의 짐을
덜어주는 것이 아니라 그 고뇌를 견딜 수 있도록 에너지를 최
대한 불러 일으켜 주는 일입니다.

　　고민하면서 길을 찾는 사람들, 그들이 참된 인간상입니다.

　　남들로부터 칭찬을 바란다면 자기의 좋은 점을 늘어놓지
말라.

너그럽고 상냥한 태도, 그리고 무엇보다 사랑을 지닌 마음! 이렇게 사람의 외모를 아름답게 하는 힘은 말할 수 없이 큰 것입니다.

나는 내가 곧 죽는다는 사실에 대해서는 압니다. 하지만 내가 결코 피할 수 없는 그 죽음이란 것에 대해서 어느 무엇 하나 아는 것이 없다는 점입니다.

나는 특히 누구를 치켜세우고 칭찬하는 사람 쪽에 서고 싶은 생각이 없습니다. 또 누구를 지칭하여 비난하는 쪽에도 끼고 싶지 않습니다. 현재 행복한 체하는 사람의 편에도 들고 싶은 생각이 없습니다. 고민하면서 길을 찾는 사람, 이런 사람의 모습이야말로 가장 인간다운 사람이라고 생각합니다.

　누구나 결점이 그리 많지는 않습니다. 결점이 여러 가지인
것으로 보이지만 근원은 하나입니다. 한 가지 나쁜 버릇을 고
치면 다른 버릇도 고쳐집니다. 한 가지 나쁜 버릇은 열 가지
나쁜 버릇을 만들어낸다는 것을 잊지 말라.

　만일 친구가 남몰래 수군거리는 것을 알게 되면 그것이 비
록 진지하게 사실 그대로를 말했다고 하더라도 우정은 거의
유지되지 않습니다.

　도박을 즐기는 모든 인간은, 불확실한 것을 얻기 위해서 확
실한 것을 걸고 내기를 합니다.

　마음속의 공허함은 내 마음속에 생명력을 불러일으킴으로
써만 메울 수 있을 뿐입니다.

무엇이든지 풍부하다고 반드시 좋은 것은 아닙니다. 더 바랄 것 없이 풍족하다고 해서 그만큼 기쁨이 큰 것은 아닙니다. 모자라는 듯한 여백. 그 여백이 오히려 기쁨의 샘입니다.

무엇인가를 이루려고 하는 마음이 없다면 세상 어디를 가나 두각을 나타낼 수가 없습니다. 무지함을 두려워 말라, 거짓 지식을 두려워하라.

사람은 자기의 탓이 아닌 외부에서 일어난 죄악이나 잘못에 대해서는 크게 분개하면서도 자기의 책임 하에 있는 자기 자신이 저지른 죄악이나 잘못에 대해서는 분개하지도 않고 싸우려고도 하지 않습니다.

　불행의 원인은 늘 나 자신에게 있습니다.

　사람은 천사도 아니고 짐승도 아닙니다. 불행한 것은 천사처럼 행세하려는 사람이 짐승처럼 행세하는 것입니다.

사소한 잘못을 용서할 수 없다면, 우정은 결코 깊어질 수 없습니다.

시간은 슬픔과 다툼도 가라앉힙니다. 왜냐하면 우리는 같은 인간으로 머무르지 않고 끊임없이 변화하기 때문입니다.

어떤 사람들은 행복이나 쾌락을 권력 속에서 찾고 또 어떤 사람들은 지식 속에서, 또 어떤 사람들은 육욕 속에서 찾습니다. 그러나 실제로 자기의 행복에 가까이 가려 하는 사람들은 참된 행복은 어떤 특정인들만이 소유할 수 있는 것이 아님을 잘 알고 있습니다. 그들은 인간의 참된 행복이란 것이 모든 사람들이 차별이 없고 부러움 없이 한결같이 소유할 수 있는 성질의 것임을 잘 알고 있습니다.

인생의 최고 불행은 인간이면서 인간을 모르는 것입니다.

우리들은 자신의 허물을 지적해 주는 사람에게 감사할 줄 알아야 합니다. 물론 우리들의 허물을 지적해 주었다 해서 그 허물이 없어지는 것은 아니지만, 지적해 줌으로써 자신의 허물을 볼 수 있게 됩니다. 그런 허물은 우리들의 마음을 불안하게 하고 양심의 가책을 느끼게 해 그 허물을 그쳐 불안한 마음에서 해방되려고 노력할 것이기 때문입니다.

우리들이 진실을 깨닫게 되는 것은 이성뿐만 아니라 감정을 통해서도 이루어집니다.

인간에게 있어서 고뇌에 복종하는 것은 치욕이 아닙니다. 오히려 쾌락에 복종하는 것이야말로 치욕입니다.

인간은 생각하는 갈대이다.

인간은 자신에 관해서는 좀처럼 모르고 있기 때문에, 많은 사람들은 건강한 데도 죽어 가는 듯이 생각하고, 또한 죽어가고 있는데도 건강하다고 생각합니다.

인간의 덕은 그 비상한 노력으로서가 아니라 그 일상적인 행동에 의해서 측정되어야 할 것입니다.

인간의 모든 존엄성은 사고에 있는 것입니다. 우리는 결코 우리가 채울 수 있는 공간이나 시간에 의해서 자기회복을 할 것이 아니라, 바로 이 사고에 의존해서 해야 합니다. 그러므로 우리는 사고를 잘 하려고 노력해야 합니다. 그것이 바로 도덕의 기본 법칙입니다.

　인간의 위대함은 자기 자신의 보잘것없음을 깨닫는 점에 있습니다.

　습관은 제2의 천성으로 제1의 천성을 파괴합니다.

　자기 인생의 의미를 모르는 사람은 불행합니다. 그것을 알
수 없다고 확신하고, 또한 모르는 것이 예지라고 떠벌리는 사
람은 더욱 불행합니다.

　자기에게 이로울 때만 남에게 친절하고 어질게 대하지 말
라. 지혜로운 사람은 이해관계를 떠나서 누구에게나 친절하
고 어진 마음으로 대합니다. 왜냐하면 어진 마음 자체가 나에
게 따스한 체온이 되기 때문입니다.

　정의의 미명 하에 폭력으로써 사람들을 복종시킨다면, 그
어떠한 경우라도 사람들을 복종시킨 것이 정의라고 주장될
수 없습니다.

　지혜가 깊은 사람은 자기에게 무슨 이익이 있음으로 해서 사랑하는 것이 아닙니다. 사랑한다는 그 자체 속에서 행복을 느낄 수 있기 때문에 사랑하는 것입니다.

　진리는 우리에게 신념을 줄 뿐 아니라, 진리를 구한다는 사실이 우리에게 무엇보다도 마음의 평화를 주는 것입니다.

　진실은 언제나 우리의 가장 가까운 곳에 있습니다. 다만 사람들이 그것에 주의하지 않았을 뿐입니다. 항상 진실을 찾아야 합니다. 진실은 우리를 늘 기다리고 있습니다.

　현재는 결코 우리의 목적이 아닙니다. 과거와 현재는 수단이며, 미래만이 우리의 목적입니다.

루소

가장 장수한 사람이란 가장 많은 세월을 살아온 사람이 아니라
가장 뜻깊은 인생을 체험한 사람입니다.

가장 장수한 사람이란 가장 많은 세월을 살아온 사람이 아니라 가장 뜻깊은 인생을 체험한 사람입니다.

교육의 목적은 기계를 만드는 것이 아니라, 인간을 만드는데 있습니다.

남의 취향에 맞는 아내와 남편이 아니라, 자신의 취향에 맞는 아내와 남편을 구하라.

남자는 자기가 알고 있는 것을 말하고, 여자는 상대가 기뻐하는 것을 말합니다.

자신의 모든 불행은 당신들 자신으로부터 생깁니다.

삶은 호흡하는 것이 아니라 행위를 하는 것입니다.

모든 예술가는 칭찬 받기를 좋아하는데 그들에게는 그 시대의 사람들에게 받는 칭찬이야말로 예술가가 받는 보답 중에서 가장 가치가 있는 일이기 때문입니다.

식물은 재배함으로써 자라고 인간은 교육을 함으로써 사람이 됩니다.

　부친의 의무를 다하지 못하는 자는 부친이 될 자격이 없습니다. 부친이란 가난 또는 직업 등의 여러 가지 요인을 이유로 해서 아이를 양육하고 교육하는 의무에서 절대 면제될 수 없는 것입니다.

　세상에서 살아가려면 많은 사람과 사귈 줄 알아야 합니다.

　어린이를 불행하게 하는 가장 확실한 방법은 언제든지, 무엇이라도 손에 넣을 수 있게 내버려 두는 것입니다.

　아이들에 둘러싸여 가사 일을 돌보며, 남편에게 행복에 찬 가정을 안겨 주고, 집안을 현명하게 꾸려 가는 한 가정의 어머니의 모습보다 더 감동적인 모습이 이 세상에 있을까?

아는 것이 없는 사람일수록 말하기를 좋아하고 아는 것이 많은 사람일수록 침묵을 지킵니다. 적게 아는 사람은 알고 있는 모든 것이 중요하다고 여겨 사람들에게 말하고자 하는 것이요, 많이 알고 있는 사람은 아직도 모르는 게 많다고 생각하기 때문에 필요한 경우나 질문을 받을 때 이외는 말을 아끼는 것입니다.

어린이에게는 과학을 가르치는 것이 아닙니다. 단지 과학의 취미를 주면 족합니다.

절제와 근면은 인간의 진정한 치료법입니다. 일하는 것은 욕망을 강화하고 절제는 그것을 컨트롤하는 법을 가르칩니다.

자연을 보라. 그리고 자연이 가르쳐주는 길을 더듬어 가라. 자연은 쉬지 않고 아이들을 단련시킵니다.

우리는 다른 사람의 희생에 의하여 생활하고 있습니다. 나 자신도 물론 희생하고 있습니다. 일을 한다는 것은 사회적 인간으로서의 부득이한 의무입니다. 때문에 놀고 먹는 사람을 모두 다 사기꾼입니다. 사기꾼 부류에 속하지 않으려면 일해야 합니다. 직업이 뭐든 상관없습니다. 열심히 일하지 않는 사람은 먹지도 말아야 합니다.

이성이나 판단력은 천천히 얻어지지만 편견은 무리를 지어 옵니다.

   이성이 인간을 만들어낸다고 하면, 감정은 인간을 이끌어 갑니다.

   자연은 아이들이 어른이 되기 전에 어린이이기를 바라고 있습니다. 만약 이 순서가 바뀌면, 우리는 설익어서 맛이 없고, 금방 썩어버리는 설익은 과실이 됩니다.

자유란 맛있는 음식입니다. 그러나 먹기는 쉽지만 소화시키기는 어렵습니다.

잘못을 부끄러워하라. 그러나 그 잘못을 회개하는 것은 부끄러워하지 말라.

인간에겐 두 가지 뜻의 탄생이 있습니다. 한 가지는 이 세상에 나타난 탄생이요, 다른 하나는 생활로 접어드는 탄생입니다.

참고 견딘다는 것은 쓰지만 그 열매는 달다.

청년시대는 지혜를 연마하는 시기이며, 노년은 그것을 실천하는 시기입니다.

학문이란 오랜 기간 동안 옛날과 지금의 인류경험을 이해하는 것입니다.

　양심은 영혼의 소리요, 정열은 육신의 소리입니다.

칸트

한 가지 뜻을 세우고, 그 길로 가라. 잘못도 있으리라. 실패도 있으리라. 그러나 다시 일어나서 앞으로 나아가라. 반드시 빛이 그대를 맞이할 것이다.

깊이 생각하면 할수록 새로운 감탄과 함께 마음을 가득 차게 하는 기쁨이 두 가지 있습니다. 하나는 별이 반짝이는 하늘이요, 다른 하나는 내 마음속의 도덕률입니다. 이 두 가지를 삶의 지침으로 삼고 나아갈 때, 막힘이 없을 것입니다. 항상 하늘과 도덕률에 비추어 자신을 점검하자. 그리하여 매번 잘못된 점을 찾아 반성하는 사람이 되자.

남의 자유를 방해하지 않는 범위 내에서 자기의 자유를 확장하는 것, 이것이 자유의 법칙입니다.

남자는 자연을 지배하도록 만들어져 있고, 여자는 남자를 통솔하도록 만들어져 있습니다. 전자에게는 많은 힘이 필요하나, 후자에겐 많은 숙련이 필요합니다.

　매우 세련된 예술이라 하더라도 사람들을 결합시키는 도덕적 이상을 담아내지 못하면 그것은 기껏 오락물에 지나지 않습니다. 그런 예술은 삶에 지친 사람들이 일시적인 기분전환을 할 때만이 필요할 따름입니다.

　선행이란 다른 사람들에게 베푸는 것이 아니라, 자신의 의무를 다하는 것입니다.

우리는 행복해지기 위해서가 아니라 의무를 다하기 위하여 이 세상에 있는 것입니다.

나처럼 행동하라고 누구에게나 말할 수 있도록 노력하라.

의무를 다하는 것과 그것을 함으로써 얻는 기쁨은 서로 별개입니다. 비록 우리 자신의 의무를 기쁨과 한데 섞으려 한다 하더라도 의무는 의무 나름의 법칙이 있기 때문에 각기 분리될 것입니다.

의심할 나위 없는 순수한 환희의 하나는 노동 후의 휴식입니다.

인간은 교육을 통하지 않고는 인간이 될 수 없는 유일한 존재입니다.

인생은 선을 실행하기 위하여 만들어졌습니다.

자기와 남의 인격을 수단으로 삼지 말고, 항상 목적으로 대우해야 합니다.

자식을 기르는 부모야말로 미래를 돌보는 사람이라는 것을 가슴속 깊이 새겨야 합니다. 자식들이 조금씩 나아짐으로써 인류와 이 세계의 미래는 조금씩 진보하기 때문입니다.

자유는 스스로 자신을 자유의 몸으로 이끌어 나아갈 만한 사람에게 깃들여집니다. 그러므로 이런 사람이라면, 자유는 일생토록 반려자가 되어 줍니다.

자유란 모든 특권을 유효하게 발휘시키는 특권입니다.

재물은 생활을 위한 방편일 뿐, 그 자체가 목적이 될 수는 없습니다.

정의가 망가지면 사람이 이 세상에 살 필요가 없습니다.

한 가지 뜻을 세우고, 그 길로 가라. 잘못도 있으리라. 실패도 있으리라. 그러나 다시 일어나서 앞으로 나아가라. 반드시 빛이 그대를 맞이할 것이다.

행복의 원칙은 첫째 어떤 일을 할 것, 둘째 어떤 사람을 사랑할 것, 셋째 어떤 일에 희망을 가질 것입니다.

청년들이여, 욕망을 만족시키려는 것을 차라리 거절하라. 그렇다고 모든 욕망의 만족을 부정하는 스토아학파처럼 하라는 것은 아닙니다. 모든 욕망 앞에서 한 걸음 물러나 인생의 관능적인 반면을 제거할 힘을 가지라는 것입니다. 무엇보다도 오락의 자리에서 즐겨 노는 것을 절제하라. 향락을 절제하면 그대는 그만큼 풍부해질 것입니다.

가정이여, 그대는 도덕의 학교입니다. 가정에서의 인성 교육은 중요합니다.

가진 것이 없다는 것은 하나님에게 접근하는 것입니다. 사람이 가난하면 감격하기를 잘합니다. 마음이 겸허하기 때문입니다. 가진 것이 없고 항상 부족하게 생활한다는 그 자체가 가난한 사람을 겸허하게 하고 감격하게 하는 것입니다.

건강한 몸을 가진 사람이 아니고는 조국에 충실히 봉사하는 사람이 되기 어렵습니다. 우선 좋은 부모, 좋은 자식, 좋은 형제, 좋은 이웃이 되기 어렵기 때문입니다. 자신을 위해서 뿐만 아니라 식구를 위해서 나아가 이웃과 나라를 위해서도 건강해야 합니다. 요새를 지키듯 스스로 건강을 지켜야 합니다.

고귀한 지혜를 가진 사람일지라도 자신에게 순수한 인격이 없다면, 어두운 그늘이 그를 둘러쌀 것입니다. 그러나 천한 오막살이에 있을지라도, 교육된 인격은 순수하고 기품이 있는 만족된 인간의 위대함을 발산합니다.

고난과 눈물은 나를 높은 예지로 이끌어 올렸습니다. 보석과 즐거움은 이것을 이루어 주지 못했을 것입니다.

페스탈로치

진정한 지식은 꾸밈새 없는 순진한 마음에서 솟아나는 것입니다. 진실과
함께 있는 지식은 불행을 물리칠 수 있는 굳센 힘이 됩니다.

교육은 사회를 개혁하기 위한 수단입니다.

교육의 목적은 인간성의 조화적 발달에 있습니다.

교육의 목표는 머리와 손과 가슴, 지식과 기술과 도덕의 세 가지가 원만하게 조화된 전인형성에 있습니다.

모든 사람은 지위고하를 막론하고 그 본질로 본다면 어떠한 차이도 있을 수 없습니다. 마음의 모양이 곧 자기 자신인 것입니다. 마음의 모양이야말로 교육의 대상이 되는 것입니다. 그리고 향상의 계기가 되는 것입니다. 행복을 가꾸는 힘은 밖에서 우연한 기회에 얻을 수 있는 것이 아닙니다. 오직 그 마음에 새겨둔 힘에서 꺼낼 수 있습니다.

당신이 순진하고 맑고 결백한 마음을 가졌다면 열 개의 진주 목걸이보다도 더 행복을 위한 빛이 될 것입니다. 당신이 지금 비록 불행한 환경에 처해 있다고 하더라도 당신의 마음이 진실하다면 아직 힘있는 행복을 지니고 있는 것입니다. 왜냐하면, 진실한 마음에서만 인생을 헤쳐나갈 힘있는 지혜가 생겨나기 때문입니다. 당신이 아무리 지위가 높고 지식이 많더라도 진실을 잃는다면 그것들은 당신의 몸에 붙어 있지 않을 것입니다.

기계를 만들지 말고, 인간을 만들어라.

신앙은 믿음으로써, 사랑은 사랑함으로써, 사고는 생각함으로써, 학문은 연구함으로써 양성이 됩니다.

아늑한 가정은 인간을 서로 귀히 여기고 신뢰하게 만듭니다.

이 세상에는 여러 가지 기쁨이 있지만, 그 가운데서 가장 빛나는 기쁨은 가정의 웃음입니다. 그 다음의 기쁨은 어린이를 보는 부모들의 즐거움인데, 이 두 가지의 기쁨은 사람의 가장 성스러운 즐거움입니다.

올바른 사회는 오직 어린이들에게 참다운 교육을 실시함으로써 이루어질 수 있습니다.

어린이의 어버이들이여! 어린이는 마음의 힘이 부족한 데도 불구하고 어른의 욕심으로 성급히 끌어내거나 끌어올려서는 안 됩니다. 순서를 밟아 차츰 연습을 통하여 인도하도록 해야 합니다. 너무 엄하고 너무 꾸중을 하고, 어린이를 과로하게 해서는 안 됩니다. 만약 차근차근 연습의 과정을 밟지 않고 성급히 향상되기만을 바라는 마음에서 채찍질을 한다면 그로 인해 어린아이의 마음도 도리어 약해지고 흔들려 마침내 균형을 잃고 말 것입니다.

　자기의 자녀들을 교육하는 어머니의 모습은 하나님이 내려
주신 이 땅 위에서 가장 아름다운 사랑의 표상입니다.

　인간은 그가 늘 종사하고 있는 노동 속에서 세계관의 기초
를 구하지 않으면 안 됩니다.

　지식은 사람에게 필요한 무기입니다. 그러나 무기를 잘못
쓰면 도리어 자신을 해치듯이 지식도 진실의 뒷받침이 없으
면 식자우환과 같이 몸을 망치기 쉽습니다. 진정한 지식은 꾸
밈새 없는 순진한 마음에서 솟아나는 것입니다. 진실과 함께
있는 지식은 불행을 물리칠 수 있는 굳센 힘이 됩니다. 사람
은 역경에 처해 있는 때일수록 진실한 지식을 몸에 지니도록
해야 합니다. 뿐만 아니라 순탄하고 행복한 환경에 있을 때에
도 결코 참된 지식을 멀리해서는 안 됩니다. 왜냐하면 맑은
진실의 발로 없이는 행복도 마침내는 파괴되고 말기 때문입
니다.

여성에게는 본능적으로 모성애가 있습니다. 어머니의 어린이에 대한 사랑에는 아름답고 위대한 것이 있습니다. 그러나 본능적인 사랑만으로는 자녀를 잘 키울 수는 없습니다. 이지의 힘이 감정과 합쳐서, 모성애를 다듬어 넓은 폭을 가질 것이 필요합니다. 어머니 자신의 마음이 맑지 않고서는 올바르게 자녀들을 인도할 수 없습니다.

괴테

어떤 일을 해 놓지도 않고 비웃기만 하는 사람보다, 아주 하찮은
일일지라도 하는 사람이 보다 더 훌륭한 인격자라고 할 수 있습니다.

고난이 있을 때마다 그것이 참된 인간이 되어 가는 과정임을 기억해야 합니다.

결혼 생활은 모든 문화의 시작이며 정상입니다. 그것은 난폭한 자를 온화하게 하고, 교양이 높은 사람에게 있어서 그 온정을 증명하는 최상의 기회입니다.

결혼 생활은 참다운 뜻에서 연애의 시작입니다.

고상한 남성은 여성의 충고에 따라 더욱 고상해집니다.

고통이 남기고 간 뒤를 보라! 고난이 지나면 반드시 기쁨이 스며듭니다.

선을 행하는 데는 나중이라는 말이 필요가 없습니다.

가장 유능한 사람은 가장 배우기에 힘쓰는 사람입니다.

그대의 마음속에 식지 않는 열과 성의를 가져라. 당신은 드디어 일생의 빛을 얻을 것입니다.

기쁘게 일하고, 해 놓은 일을 기뻐하는 사람은 행복합니다.

꽃을 주는 것은 자연이고, 그 꽃을 엮어 화환을 만드는 것은 예술입니다.

꿈을 계속 간직하고 있으면 반드시 실현할 기회가 옵니다.

미는 예술의 궁극의 원리이며 최고의 목적입니다.

나누어 통치하라는 말은 훌륭한 표어입니다. 합병하여 지도 하라는 말은 더 나은 표어입니다.

나는 시를 만든 것이 아닙니다. 시가 나를 만든 것입니다.

　나는 죄와 더불어 실책을 미워합니다. 특히 정치적 실책을
한층 더 미워합니다. 그것은 수백만의 국민을 불행의 구렁텅
이에 몰아넣기 때문입니다.

　남의 좋은 점을 발견할 줄 알아야 합니다. 그리고 남을 칭찬
할 줄도 알아야 합니다. 그것은 남을 자기와 동등한 인격으로
생각한다는 의미를 갖는 것입니다.

　남자는 세계가 자신이지만, 여자는 자신이 세계입니다.

　내가 가지고 있는 모든 지식은 조금만 노력하면 누구나 습
득할 수 있지만, 나의 마음만은 오직 내 자신의 것입니다.

누가 가장 행복한 사람인가? 남의 장점을 존중해 주고 남의 기쁨을 자기의 것인 양 기뻐하는 자입니다.

눈물과 더불어 빵을 먹어 보지 않은 자는 인생의 참다운 맛을 모릅니다.

당신이 만약 참으로 열심이라면 '나중에 하지' 라고 말하지 말고, 지금 당장 이 순간에 해야 할 일을 시작해야 합니다.

누구나 자기가 최고라고 생각합니다. 그래서 많은 사람들이 이미 경험한 선배의 지혜를 빌지 않고 실패하며 눈이 떠질 때까지 헤매곤 합니다. 이 무슨 어리석은 짓인가. 뒤에 가는 사람은 먼저 간 사람의 경험을 이용하여, 같은 실패와 시간낭비를 되풀이하지 않고 그것을 넘어서 한 걸음 더 나아가야 합니다. 선배들의 경험을 활용하자. 그것을 잘 활용하는 사람이 지혜로운 사람인 것입니다.

마지막에 할 일을 처음부터 알고 있지 않으면 안 됩니다. 무엇이 만들어질 것인가는 처음부터 결정됩니다.

모든 것은 젊었을 때 구해야 합니다. 젊음은 그 자체가 하나의 빛입니다. 빛이 흐려지기 전에 열심히 구해야 합니다. 젊은 시절에 열심히 찾고 구한 사람은 늙어서 풍성합니다.

몸가짐은 각자가 자기의 모습을 비추는 거울입니다.

무식한 것을 두려워하지 말라. 허위의 지식을 가지고 있음을 두려워하라.

미는 감춰진 자연법칙의 표현입니다. 자연의 법칙이 미에 의해서 표현되지 않았다면 영원히 감춰져 있는 그대로일 것입니다.

법률의 힘은 위대합니다. 그러나 언어의 힘은 더욱 위대합니다.

보람 있는 일에 복종하는 것이 인간의 지혜입니다. 그 일을 방해하는 것들을 정복해 나가는 것이 곧 생활입니다. 정복이 없이는 생활의 내용을 얻지 못합니다. 우리의 하루는 정복의 노력으로 빛나야 합니다.

불에 피운 향이 인간의 생명을 상쾌하게 하는 것처럼 기도는 인간의 마음에 희망을 북돋워 줍니다.

불의를 발견하기는 매우 쉬운 일입니다. 불의는 남의 행동을 보고 있으면 어디가 잘못되었는지 금방 알 수가 있습니다. 그러나 진리를 발견하는 것은 어렵습니다. 사람이 발견하고자 애써야 할 것은 이러한 진리입니다.

사람들은 누구나 친구의 품안에서 휴식을 구하고 있습니다. 그 곳에서라면 우리들은 가슴을 열고 마음껏 슬픔을 털어놓을 수 있기 때문입니다.

　사람은 남을 칭찬함으로써 자기가 낮아지는 것이 아닙니다. 도리어 자기를 상대방과 같은 위치에 놓는 것이 됩니다.

　비겁한 사람은 안전한 때에만 위압적으로 나섭니다.

사람은 자신이 하는 일에 대하여 신념을 가져야 합니다. 그리고 자신이 옳다고 확신하는 일을 실행할 만한 힘을 모두가 다 가지고 있는 법입니다. 자신에게 그와 같은 힘이 있을까 주저말고 앞으로 나아가십시오.

사람의 욕망은 내버려두면 한이 없습니다. 끝없는 욕망은 차라리 없느니만 못합니다. 자기 욕망에 한계를 갖는다는 것은 목표를 분명히 가진 것이 됩니다.

사람의 성격이 가장 잘 나타날 때는 누군가와 마주 대하여 말하고, 듣고, 웃을 때입니다.

사람이 여행을 하는 것은 도착하기 위해서가 아니라 여행하기 위해서입니다.

사랑은 최대의 모순을 융화하고, 세상으로 통하는 길을 압니다.

사랑이여, 너야말로 진정한 생명의 꽃이며 휴식이 없는 행복입니다.

사랑하는 것이 인생입니다. 기쁨이 있는 곳에 사람과 사람 사이의 결합이 이루어집니다. 사람과 사람 사이의 결합이 있는 곳에 또한 기쁨이 있습니다.

　상대방의 뛰어난 장점에 맞서는 방법은 오직 그것을 사랑하는 수밖에 없습니다.

　새로운 진리가 낡은 오류보다도 위험하다는 법은 없습니다.

　순간은 참으로 아름답습니다. 내가 하고 싶은 것을 위해서 공부하고, 일하고, 노력하는 이 순간이야말로 영원히 아름답습니다. 순간이 여기 있으리라. 내가 그와 같이 지낸 과거의 날들은 영원히 없어지지 않으리라. 이러한 순간에야말로 나는 가장 큰 행복을 느낍니다.

　시간을 단축시키는 것은 활동이요, 시간을 견디지 못하게 하는 것은 안일함입니다.

시간이 언제나 당신을 기다리고 있다고 생각지 말라! 게을리 걸어도 결국 목적지에 도달할 날이 있을 것이라는 생각은 잘못입니다. 하루하루 전력을 다하지 않고는 그 날의 보람은 없을 것이며, 동시에 최후의 목표에 능히 도달하지 못할 것입니다.

아무리 큰공간일지라도 설사 그것이 하늘과 땅 사이라 할지라도 사랑은 모든 것을 메울 수 있습니다.

앞으로 나아가는 동안에는 고통도 있으리라! 행복도 있으리라! 어떠한 경우에도 인생에 완전한 만족이란 없는 것입니다. 자기가 인정한 것을 힘차게 찾아 헤매는 하루 하루가 인생인 것입니다.

애인의 결점을 장점으로 볼 수 없는 사람에게는 진실한 사랑이 없습니다.

오늘 하는 한 가지 일에 그것들로써 충실해야 합니다. 각 부분이 충실해야만 전체가 충실할 수 있는 것입니다.

어떤 일을 해 놓지도 않고 비웃기만 하는 사람보다, 아주 하찮은 일일지라도 하는 사람이 보다 더 훌륭한 인격자라고 할 수 있습니다.

어려움에 처했을 때 어떻게 하면 구제 받을 수 있을까. 첫째는 선한 희망을 잃지 않아야 합니다. 둘째는 노력을 멈추지 않아야 합니다. 항상 선한 희망을 잃지 않고 노력을 계속하는 한 최후에는 반드시 구제됩니다. 그러한 확신과 믿음이 필요합니다.

여성을 소중히 지킬 수 없는 남자는 여성의 사랑을 받을 자격이 없습니다.

어린애를 안고 있는 어머니처럼 보기에 아름다운 것이 없고, 여러 아이들에게 에워싸인 어머니처럼 경애를 느끼게 하는 것도 없습니다.

유능한 사람은 언제나 배우는 사람입니다.

역사의 의무는 진실과 허위, 확실함과 불확실함, 의문과 부인을 분명히 구별하는 것입니다.

오랫동안 사색하고 있는 사람이 언제나 최선의 것을 선택한다고는 할 수 없는 것입니다.

오해는 뜨개질하는 양말의 한 코를 빠뜨린 것과 같아서, 시초에 고치면 단지 한 바늘로 해결됩니다.

우리가 하느님과 자연으로부터 받는 최고의 것은 생명입니다. 이 생명을 사랑하고 보호하면 기르려는 본성은 각자가 나면서부터 가지고 있는 것이므로 깨뜨리기가 어렵습니다. 그러나 생명 그 자체의 본질은 역시 신비임에 틀림없습니다.

의논을 할 때 이쪽에서 정성껏 얘기하고 있는데 쓸데없는 농담을 지껄이는 것처럼 못 견딜 것은 없습니다.

　우리는 어디서 태어났는가. 사랑에서. 우리는 어떻게 멸망하는가. 사랑이 없으면. 우리는 무엇으로 자기를 극복하는가. 사랑에 의해서. 우리를 울리는 것은 무엇인가. 사랑. 우리를 항상 결합시키는 것은 무엇인가. 사랑.

우리 인간들은 항상 행복한 시간이 적고 슬픈 시간이 많다고 불평합니다. 그러나 생각해 보라, 모든 것은 우리의 잘못 때문입니다. 만일 우리가 마음의 문을 열고 매일 하느님께서 우리에게 즐기도록 주신 모든 것을 즐긴다면, 자연히 우리는 중도에서 생기는 역경도 무난히 이겨낼 수 있는 힘까지 가지게 될 것입니다.

재능은 저절로 배양됩니다. 그러나 성격은 세상의 거친 파도에 휩쓸리며 만들어집니다.

인간은 사회에서 여러 가지를 배울 수 있습니다. 그러나 영감을 받는 것은 오직 고독에 있어서만 가능합니다.

인간은 이기적이 될수록 그만큼 이기적인 인간에게 예속됩니다.

인간은 중요한 일을 결코 충분히 생각하지 않습니다.

인간을 현재의 모습으로만 판단하면 그는 더 나빠질 것입니다. 하지만 그를 미래의 가능한 모습으로 바라보면, 그는 정말로 그런 사람이 될 것입니다.

인간이란 알기를 재빨리 하고 실천하기를 늦게 하는 동물입니다.

인생에 있어서 가장 즐거운 시간은 아무도 모를 둘만의 말로 누가 보아도 아름답고 맑은 수정과 같은 이야기를 주고받을 때일 것입니다.

인생은 어리석은 자에게는 어렵게 보일 때 현명한 자에게는 쉽게 보이고, 어리석은 자에게 쉽게 보일 때 현명한 자에게는 어렵게 보입니다.

자기가 지금하고 있는 일, 이미 한 일을 마음으로부터 즐기는 사람은 행복합니다.

자기를 내세우지 않는 인물은 본인이 믿고 있는 것보다 훨씬 큰 인물입니다.

자기의 천부적인 능력을 사용하는 자가 가장 행복한 사람입니다.

자기를 다른 사람의 처지에 놓아보면 남에게 느끼는 질투나 증오가 없어질 것입니다. 또 다른 사람을 자기의 처지를 놓아보면 거만이나 자아도취가 많이 줄어들 것입니다.

자기 자신의 부족한 점이 자녀에게서 충족되기를 바라는 것은 모든 부모의 경건한 소망입니다.

자기의 목적에 대한 수단을 알고 그것을 포착해 이용할 줄
아는가 모르는가에 따라 행복과 불행이 갈립니다.

자신을 가지면 남의 신뢰를 얻습니다.

자신의 생명이 존귀하다는 것을 자각하는 속에서의 삶은 더
욱 큰 환희를 안겨줍니다.

자신의 집에서 자신의 세계를 가지고 있는 사람보다 더 행
복한 사람은 없습니다.

정의는 넓은 영역을 점령하고 있습니다. 그러나 마음의 선
량함은 더욱 넓은 공간을 점령합니다.

즐거움은 모든 덕의 어머니입니다.

즐거움을 맛보거나 자극을 얻기 위해서 독서를 하는가, 혹은 인식과 교훈을 얻기 위해서 독서를 하는가 하는 문제는 커다란 차이가 있습니다.

즐겁게 살려거든 주기 위한 주머니와 받기 위한 주머니를 가지고 다녀라.

청년은 가르침을 받기보다는 감동이나 자극을 받기를 원합니다.

진실하고 성실하게 자기의 내면으로 가라앉아 보면 언제나 자기가 반쪽뿐임을 발견하게 될 것입니다. 자기를 완전한 것으로 만들기 위하여 한 여성을 붙잡든지 하나의 세계를 붙잡든지 그것은 어느 쪽이라도 좋습니다.

증오는 적극적인 불만이고 질투는 소극적인 불만입니다. 따라서 질투가 금방 증오로 바뀌더라도 이상할 것이 없습니다.

지배하는 것은 쉽고 통치하는 것은 어렵습니다.

지배하거나 복종하지 않으면서도 무엇인가 하고 있는 사람만이 참으로 행복한 사람입니다.

행복한 인간이란, 자기 인생의 끝을 처음에 이을 수 있는 사람을 말합니다.

친절은 사회를 움직이는 황금의 쇠사슬입니다.

커다란 위험이 가로놓인 것은 현명함과 어리석음이 상반하고 있을 경우입니다.

타인을 자기 자신처럼 존경할 수 있고, 자기가 하고 싶다고 생각하는 것을 타인에게 할 수 있다면, 그 사람은 참된 사랑을 알고 있는 사람입니다. 그리고 세상에는 그 이상 가는 사람은 없습니다.

하늘은 어디를 가나 푸르다는 사실을 알기 위해서 세계일주 여행을 할 필요는 없습니다.

하늘은 필요할 때마다 은혜를 베풉니다. 신속히 이것을 포착하는 사람은 운명을 개척합니다.

한 가닥 머리카락조차도 그 그림자를 던집니다.

현재에 열중하라. 오직 현재 속에서만 인간은 영원을 알 수 있습니다.

허영은 경박한 미인에게 잘 어울립니다.

희망만 있으면 행복의 싹은 그곳에서 움틉니다.

희망은 제2의 혼입니다. 아무리 불행하다 하더라도 혼이 있으면 쉽게 가라앉지 않습니다. 아무리 힘들다 하더라도 혼이 있으면 쉽게 좌절하지 않습니다.

링컨

'할 수 있다. 잘 될 것이다' 라고 결심하라.
그리고 나서 방법을 찾아라.

나는 계속 배우면서 갖추어 갑니다. 언젠가는 나에게도 기회가 올 것입니다.

나는 내가 할 수 있는 한의 최선의 것, 내가 아는 한의 최선의 것을 실행하고 또한 언제나 그러한 상태를 지속시키려고 합니다.

나는 찬스가 올 것에 대비하여 배우고, 언제나 닥칠 일에 착수할 수 있는 태도를 갖추고 있습니다.

나에게 밤낮으로 무서운 긴장이 생겼기 때문에, 만일 내가 웃지 않았다면 나는 이미 죽은 지가 오래 되었을 것입니다.

나이가 40을 넘은 사람은 자기 얼굴에 책임을 져야 합니다.

내가 대통령이 된 것은 나의 어머니가 준 성경 때문이었습니다.

내가 바라는 것이 있다면, 내가 있음으로 해서 이 세상이 더 좋아졌다는 것을 보는 일입니다.

내가 성공을 했다면, 오직 천사와 같은 어머니의 덕입니다.

노동을 소중히 여기자. 노동의 빛은 아름다운 것입니다. 노동은 온갖 덕의 원천이기 때문입니다.

눈물 젖은 빵은 먹어 본 사람만이 그 진가를 압니다.

만나는 사람마다 교육의 기회로 삼습니다.

일이란 기다리는 사람에게 갈 수도 있으나, 끊임없이 찾아나서는 자만이 획득합니다.

사람이 얼마나 행복하게 될 것인지는 자기의 결심에 달려 있습니다.

어떤 일을 할 수 있고, 해야 한다고 생각하면, 길이 열리게 마련입니다.

변호사가 되려고 단단히 마음먹었다면 그것만으로 목적은 절반이나 완성된 것이나 다름없습니다. 꼭 성공하고 말겠다고 결심하는 일이 무엇보다도 중요한 것임을 항상 명심하라.

자기가 살아가는 목적은 자신의 이름을 우리시대의 사건과 연결짓는 것입니다. 이 세상에 함께 살고 있는 삶에게 있어서 자신의 이름과 어떤 유익한 일과를 연결짓는 일입니다.

하나님께서 먹기만 하고 일을 하지 않는 부류의 인간을 만드셨다면, 그 인간은 아마도 입만 있고 손은 없을 것입니다. 또 다른 부류로 일만 하고 먹지는 못하게 되어 있는 인간을 만드셨다면, 아마도 그 인간은 손만 있고 입은 없었을 것입니다.

타인의 자유를 부인하는 자는 그 자신도 자유를 누릴 가치
가 없습니다.

　가장 훌륭한 사람이 되고자 결심한 사람일수록 언쟁에 시간
을 낭비하지 않는 법입니다. 그러한 성질의 악화나 자제력의
감퇴 결과를 훌륭한 사람일수록 감수하려 들지 않습니다. 이
쪽에 반쯤의 타당성밖에 가지고 있지 않은 일에 대해서는 크
게 양보하고, 자신이 만만한 일일지라도 조금은 양보해라.

국민의, 국민에 의한, 국민을 위한 정부는 이 땅에서 영원히
사라지지 않을 것입니다.

국민의 일부를 처음부터 마지막까지 속일 수는 있습니다.
또한 국민의 전부를 일시적으로 속이는 것도 가능합니다. 그
러나 국민 전부를 끝까지 속이는 것은 불가능합니다.

국가는 거기에 거주하는 국민의 것입니다. 국민이 현정부에
염증을 느끼게 되면 그들은 언제든지 그것을 개선할 헌법에
보장된 권리를 행사하거나 분할 내지 전복시킬 수 있는 혁명
권을 행사할 수 있습니다.

'할 수 있다. 잘 될 것이다' 라고 결심하라. 그리고 나서 방법
을 찾아라.

도스토예프스키

인생에 있어서 가장 중요한 것은 실패했다고 해서 낙심하지
않는 일이며, 성공했다고 해서 기쁨에 도취되지 않는 것입니다.

가장 큰 행복이란 유한한 생명체가 무한한 생명의 근원에로 돌아가 절대자의 신성에 접근할 때라고 해야 할 것입니다.

거침없이 남을 비난하기 전, 먼저 자신을 살리는 법부터 찾아야 합니다.

고뇌를 거치지 않고는 행복을 파악할 수 없습니다. 황금이 불에 의해 정제되는 것처럼 이상도 고뇌를 거침으로써 순화되는 것입니다. 천상의 왕국은 노력에 의해 얻어지는 것입니다.

마음이 비뚤어진 사람들만이 불행합니다. 행복이란 인생에 대한 밝은 견해와 맑은 마음속에 깃들 것이며, 외면적인 데 있지 않으리라고 나는 생각합니다.

갑자기 일어나는 사상적인 충동으로는 과학의 전 영역은 도저히 알 수 없는 것입니다. 또한 폭발적인 뉘우침으로서는 죄악에 이길 수 없는 것입니다. 정말 정신적인 진보의 수단은 지혜 깊은 가르침으로써 얻어진 끊임없는 인내와 노력밖에는 없는 것입니다. 만약 달리 할 짓이 없으면 거지가 되어도 좋습니다. 그리고 거지가 된 그 날부터 손에 들어온 돈을 자기를 위해서 혹은 가족을 위해서도 공연한 일에는 절대로 낭비하지 않는다는 철저한 끈기, 그것만 있으면 사람은 누구나 다 부자가 될 수 있습니다.

괴로움과 번민함은 위대한 자각과 심오한 심정의 소유자에겐 언제나 필연적인 것입니다.

괴로움이야말로 인생입니다. 인생이 괴로움이 없다면 무엇으로써 또한 만족을 얻을 것인가?

나는 내가 어디에서 왔는지 모릅니다. 나는 내가 어디로 가는지 모릅니다. 나는 왜 내가 존재하는지, 내가 어떤 소용이 있는지도 모릅니다. 단 하나 확실한 것은, 내가 곧 죽을 것이라는 사실입니다. 그러나 내가 가장 모르고 있는 것은 바로 그 죽음입니다.

　대부분의 사람들로서는 거의 환상적이거나 상식 밖의 일로 여겨지는 것이 오히려 가장 깊은 현실의 본질을 나타내는 것일 수가 있습니다. 일상적인 사건을 그저 피상적으로 관찰하는 것이 사실주의일 수 없을 뿐 아니라, 오히려 전혀 그 반대인 것입니다.

돈이 있어도 이상이 없는 사람은 몰락의 길을 걷습니다.

땅에 엎드려서 입을 맞추고 눈물로 그것을 적셔라. 그러면
네 눈물이 대지의 열매를 맺어줄 것이다. 이 땅을 꾸준히 언
제까지라도 사랑하라. 무엇이든지 이 세상에 존재하는 모든
것을 사랑하고 또 이 사랑의 열광과 환희를 맛보아라. 네 기
쁨의 눈물로 이 땅을 적시기도 하며 너의 그 눈물을 또한 사
랑하라.

　많은 불행은 난처한 일과 말하지 않은 채로 남겨진 일 때문
에 생깁니다.

　불행은 전염병입니다. 그 이상 더 병을 전염시키지 않기
위하여 불행한 사람과 병자는 따로 떨어져서 살 필요가 있습
니다.

　사람들이 죄를 지으면 자신도 역시 거기에 책임을 느껴야만
합니다. 그러다 보면 자신도 모든 사람과의 관계에서 누가 지
은 죄든 간에 함께 책임을 져야 한다는 것을 스스로 알게 될
것입니다.

　사람에게는 거처하는 방이 무엇보다 소중합니다. 조용하고
아늑한 방에서 거처하면 마음도 한결 즐겁고 꿈도 화려해집
니다.

사람은 고통을 통해서 자기 속에 새 인간이 탄생되도록 해야 합니다.

사람이란 자연, 영혼, 사랑 그리고 하느님을 이성으로가 아니라 마음으로 인식합니다.

사람의 웃는 모양을 보면 그 사람의 본성을 알 수 있습니다. 누군가를 파악하기 전 그 사람의 웃는 마음에 든다면 그 사람은 선량한 사람이라고 자신 있게 단언해도 되는 것입니다.

사랑은 자기 희생 없이는 생각할 수 없는 것입니다.

사랑이 없는 곳에는 감각도 없습니다.

삶의 의미보다 삶 그 자체를 더 사랑해야 합니다.

세상에는 기묘한 우정이 존재합니다. 서로 잡아먹을 것처럼 하면서도 헤어지지도 못하며 일생을 그대로 지내는 인간도 있습니다.

습관이란 인간으로 하여금 어떤 일이든지 하게 만듭니다.

비록 행복이 없다 해도 인간은 사랑 하나만 있으면 얼마든지 살 수 있습니다.

시민으로서의 가장 중요한 미덕은 멋지게 돈을 긁어모으는 재능입니다. 다시 말해서 어떠한 일이 있더라도 남에게 폐를 끼치지 말라는 것입니다.

어떤 사람이라도, 어떤 목적과 그 목적과 그 목적을 이룩하려는 노력 없이는 살지 않습니다. 일단 목적과 희망이 사라져 버리면 인간은 고뇌로 말미암아 괴물이 됩니다.

예술가란 언제나 자신에게 귀를 기울이고 자기 귀에 들려오는 것을 마음 한구석에 솔직하게 적어놓는 열성적인 노동자입니다.

오직 사랑이라고 하는 이른바 순결한 사랑뿐인 연애에서조차도 사랑의 표현에 관한 요령은 필요한 것입니다.

원만한 부부 생활의 비결은 결코 죽느냐 사느냐 하는 아슬아슬한 지경에까지 이르지 않도록 하는 것입니다.

완전히 정복에 사로잡힌 사람은, 늙어서는 특히 더 그러하지만 아주 맹목적이 되어서 가망이 없는 것도 있는 것처럼 생각하는 법입니다. 그리고 아무리 훌륭한 인간일지라도 나이가 들면 전혀 분별을 잃어 버려서 어리석은 이들처럼 행동하는 것입니다.

우리들 모두의 마음속에 낙원이 있습니다. 지금 나의 마음속에도 역시 낙원은 깃들여 있는데, 내가 원하기만 한다면 내일이라도 실제로 내 마음속에 되살아나서 일평생 동안 나는 그런 상태 속에서 살아갈 수 있을 것입니다.

자기 자신을 희생하는 것처럼 행복한 일은 없습니다.

우리의 삶은 고통이며 공포입니다. 따라서 인간은 불행하다고 할 수 있습니다. 그러나 인간은 인생을 사랑하고 있습니다. 그것은 고통과 공포를 사랑하고 있기 때문입니다.

이 지상의 모든 생물은 무엇보다도 먼저 그 생을 사랑하지 않으면 안 됩니다.

인간은 눈물을 흘림으로써 세상의 죄악을 씻어냅니다.

인간이 때로 번영 이외의 것을 사랑하는 일이 없을까. 인간이 역경을 사랑하는 일은 없을까. 분명히 인간에게는 역경을 일부러 사랑할 뿐만 아니라 그것을 몹시 사랑할 때도 있는 것입니다.

참된 진리는 항상 진리인 것처럼 보이지 않습니다.

인간이 불행한 것은 자기가 행복하다는 것을 모르기 때문입니다. 이유는 단지 그것뿐입니다. 오직! 일순간에, 그것을 자각한 사람은 곧 행복해집니다.

인생에 있어서 가장 중요한 것은 실패했다고 해서 낙심하지 않는 일이며, 성공했다고 해서 기쁨에 도취되지 않는 것입니다.

참되고 아름다운 모든 것은 언제나 전부를 용서하는 데서만 있을 수 있습니다.

전 우주가 비밀에 덮여 있습니다. 모든 마디충이나 풍뎅이 같은 벌레, 그리고 개미와 꿀벌까지도 이성을 소유하지 않았지만 놀라울 정도로 제 길을 바로 찾아갈 줄 알며, 그들 스스로가 끊임없이 쌓아올리는 하느님의 비밀에 더욱더 힘입어서 번식해 갑니다.

절대로 가장 절박한 상황까지 나아가서는 안 됩니다. 그것이 부부 생활의 첫 번째 비결입니다.

지혜 깊은 가르침으로써 얻어진 끊임없는 인내와 노력만이 풍요로운 삶을 가져다 줄 것입니다.

톨스토이

한 해의 가장 큰 행복은 한 해의 마지막에서 그 해의
처음보다 훨씬 나아진 자신을 느낄 때입니다.

　가난의 고통을 없애는 방법은 두 가지입니다. 자기의 재산을 늘리는 것과 자신의 욕망을 줄이는 것입니다. 전자는 우리의 힘으로 해결되지 않지만 후자는 언제나 우리의 마음가짐으로 가능합니다.

　가장 위대하고 심오한 진리는 가장 단순하고 소박합니다.

　겸손하지 못한 사람은 언제나 타인을 비난합니다. 그런 사람은 다만 타인의 그릇된 것만을 인정합니다. 그럼으로써 그 사람 자신의 욕망과 죄는 점점 더 커 가는 것입니다.

　겸손하지 않고서는 완전해질 수 없습니다.

　고생하는 사람들 때문에 세계는 발전하고 있습니다.

건강이 육체와 관련이 있듯, 정성과 마음을 다하는 태도는
영혼과 관계가 있습니다.

건강한 몸을 유지하기 위해서 노동과 운동은 필수 불가결
한 것입니다. 다른 사람에게 노동과 운동을 강요할 수는 없지
만 자신에게 반드시 필요한 노동에서 해방될 수는 없습니다.
반드시 필요하고 올바른 일을 하지 않는다는 것은 곧 불필요
하고 어리석은 일을 하는 것입니다.

결혼도 역시 일반 약속과 마찬가지로 성을 달리하는 두 사람 즉, 나와 그대 사이에만 아이를 낳자는 계약입니다. 이 계약을 지키지 않는 것은 기만이며 배신이요, 죄악입니다.

결혼에 대하여 긴요한 것은 스무 번이고 백 번이고 깊이 생각해 보는 것입니다. 사람은 항상 어찌할 수 없을 때 죽음에 임하듯, 다시 말하면 그렇게 할 수밖에 별 도리가 없을 때 결혼할 것입니다.

결혼을 신성하게 하는 것은 오직 사랑이며, 진정한 결혼이란 사랑으로 신성해진 결혼뿐입니다.

나 자신의 삶은 물론 다른 사람의 삶을 삶답게 만들기 위해 끊임없이 정성을 다하고 마음을 다하는 것처럼 아름다운 것은 없습니다.

고통이란 어쩌면 깊은 동정을 갖게 할 뿐만 아니라, 그 고통에 견디는 사람에게 높은 존경을 갖게 하고 자칫하다간 그를 모욕하게 될 지도 모른다는 두려움조차 갖게 합니다.

공중에 날겠다는 생각이 헛된 것처럼 자신을 드높이려는 생각 역시 헛된 것입니다. 자신을 드높이면 오히려 사람들에게 반감을 생기게 할 것이며, 그들의 눈에 멸시의 표정을 띄게 할 것입니다.

과학이 눈부시게 발전한다 할지라도 종교 없이는 모든 것을 완벽하게 설명할 수 없습니다. 과학만으로는 마땅히 연구할 것을 알지 못하기 때문입니다.

그릇된 믿음이 우리의 모든 불행을 자초합니다.

기도는 홀로 하는 것이 좋으며 또한 그래야 합니다. 그러나 많은 사람이 모였을 때, 특히 흥분했을 때 자신의 영혼과 하느님을 다시 한 번 생각하는 기도 역시 좋은 것입니다.

　기도를 함으로써 하느님을 기쁘게 한다고 생각하지 마십시오. 모든 것을 하느님에게 맡길 때 하느님은 기뻐할 것입니다. 기도는 단지 자신으로 하여금 나는 누구이며 무엇 때문에 사는가 하는 것을 떠올리게 하는 것입니다.

그대에게 죄를 지은 사람이 있거든, 그가 누구이든 그것을 잊어버리고 용서하라. 그때에 그대는 용서한다는 행복을 알 것입니다. 우리에게는 남을 책망할 수 있는 권리는 없는 것입니다.

기도 시간은 무한한 존재 곧 하느님에 대한 자신의 마음자세를 점검하는 시간입니다.

기술적으로 그리고 학문적으로 발전한다고 해서, 그것을 종교와 바꾸어서는 안될 것입니다. 과거의 역사가 보여주듯이 종교적 가르침이 수반될 때 기술적이고 학문적인 발전이 이루어지는 것입니다.

누구에게나 하느님의 속성이 들어 있으며 어느 누구든 하느님의 속성을 파괴시킬 수 없습니다. 다시 말해 살인해서는 안되는 것입니다.

길을 걸어가려면 자기가 어디로 향하는지를 알아야 합니다. 합리적이고 선량한 생활을 영위하려는 경우도 마찬가지입니다. 자기와 그리고 타인의 생활을 어디로 이끌어 가고 있는지 알아야 합니다.

깊이 사랑할 수 있는 자만이 또다시 커다란 고뇌를 맛볼 수 있습니다.

남과 사이가 좋지 못하거나 그 사람이 당신과 있는 것을 싫어하거나 당신이 옳은데도 그 사람이 동조하지 않으면 그 사람이 책망을 받을 것이 아니라 정작 책망을 받아야 할 사람은 바로 당신입니다. 왜냐하면 당신이 그 사람에게 마음과 정성을 다하지 않았기 때문입니다.

　　남자의 사명은 넓고, 여자의 사명은 깊습니다.

내가 진정으로 따르는 신앙은 모든 살아있는 것들을 사랑하는 것입니다.

남을 정면으로 비난하는 것은 좋지 않습니다. 그를 망신시키기 때문입니다. 보이지 않는 곳에서 비난하는 것은 불성실합니다. 덕을 기만하는 것이 되기 때문입니다.

뉘우치고 회개한다는 말은 모든 사람에게 자신이 악하며 약하다는 것을 말합니다. 또한 자기가 지은 모든 잘못된 행위를 인정하고 영혼을 깨끗이 하며 신성을 받아들일 준비를 하는 것입니다.

다정한 벗을 찾기 위해서라면 천리 길도 멀지 않습니다.

　내가 무엇을 할 것인가라는 문제에 대하여 발견한 대답은
다음과 같습니다. 첫째 자기 자신에게 거짓말을 하지 말 것이
고 만일 나의 지금의 이 생활이 이성이 계시하는 참다운 길에
서 멀리 떨어져 있다 하더라도 진리를 두려워하지 말 것이고,
둘째 다른 사람에 대한 나의 정의, 우월성, 특권을 거부하고
자신이 유죄함을 인정할 것이고, 셋째 자기의 전존재를 움직
임으로써 의심할 수 없는 영원불멸의 인간의 계율을 실행할
것이고 어떠한 노동도 부끄러워하지 않고 자기와 다른 사람
의 생명을 유지하기 위하여 자연계와 싸울 것입니다.

　다른 사람들과 무리를 지어 있을 때는 홀로 생각해야 한다
는 사실을 명심하고, 홀로 생각에 잠겨 있을 때는 다른 사람
들과 의견을 나누어야 한다는 사실을 명심해야 합니다.

다른 사람에게 자신이 믿고 따르는 가치관과 종교를 믿도록 강요하는 사람이 있는가 하면 자기가 결정하기보다는 다른 사람의 말을 맹목적으로 믿고 그들에게 선택을 맡기는 사람들이 있습니다. 전자의 사람이나 후자의 사람이나 똑같은 잘못을 저지르고 있는 것입니다.

다른 사람을 두려워하는 사람은 하느님을 두려워하지 않고, 하느님을 두려워하는 사람은 다른 사람을 두려워하지 않습니다.

다른 사람을 위하여 희생을 하는 것이야말로 진정한 사랑입니다. 다른 사람과 다른 살아있는 모든 것들을 위하여 나를 버리는 이런 사랑이야말로 진정한 사랑이고, 이런 사랑에서 우리는 복된 삶과 더불어 세상에 나온 보답을 얻으며 세상의 머릿돌이 되는 것입니다.

다른 사람을 책망하는 것은 무조건 잘못된 것입니다. 다른 사람의 영혼에 무슨 일이 일어났는가 또는 무슨 일이 일어나는가 알 수 없기 때문입니다.

다른 사람이 자신에 대해 어떤 말을 할까 항상 귀 기울이는 사람은 결코 마음의 평안을 얻지 못하는 법입니다.

독약은 냄새부터 좋지 않은 데 반해, 정신적인 독약은 안타까우리만큼 매혹적으로 보입니다.

단순히 암기해서 얻은 지식은 지식이 아니며, 부단히 노력해서 얻은 지식만이 진정한 지식입니다.

독불장군이 되면 될수록 그만큼 자신의 위치가 흔들리는 법이며, 자신을 낮게 하면 할수록 위치는 견고하게 되는 법입니다.

돈이 없는 것은 슬픈 일입니다. 하지만 남아도는 것은 그 두 배나 슬픈 일입니다.

두 사람이 격렬하게 논쟁하는 경우, 그 논쟁의 책임은 한 사람에게만 있지 않고 양자에게 있습니다. 따라서 적어도 한 사람이 자신에게 잘못이 있다고 말하면 논쟁은 곧바로 그치게 됩니다.

만일 본받아야 될 것을 찾아내고 싶거든 평범하고 공손한 사람들 사이에서 찾아라. 그들에게는 그들 자신도 의식하지 못하는 참된 위대함이 있습니다.

마음에서 일어나는 정욕을 떨쳐내려는 소망과 달리 정욕이 더욱더 자리잡는다고 느낀다 하더라도 절대로 그것들을 떨쳐 내지 못한다고 생각하면 안 됩니다. 단지 그것을 한번에 떨쳐 낼 수 없다는 것을 배웠다고 생각해야 합니다. 말을 잘 다루 는 마부라 할지라도 단 한번에 고삐를 잡지 못하며 수없이 고 삐를 잡아 결국 말을 세우는 것입니다. 따라서 욕망을 한번에 이겨내지 못했다 하더라도 계속해서 떨쳐내려고 노력해야 합 니다. 그렇게 계속 노력해야 합니다. 그렇게 계속 노력할 때 정욕을 떨쳐낼 수 있는 것입니다.

마음에서 일어나는 욕구만을 좇은 사람은 시간이 지나면서 태도를 바꿉니다. 그는 곧바로 자기가 한 일에 만족하지 않습 니다.

말로 인한 상처는 확연히 보이기도 하고 보이지 않기도 합 니다. 말로 인해 상처를 받는 사람을 우리 눈으로 보지 못한 다 해도 그 말의 해독은 마찬가지입니다.

말을 시작하기 전에 반드시 생각할 틈을 가져라. 그리하여 네가 지금 하고자 하는 말이 말할 가치가 있는지, 무익한 얘기인지, 누군가를 해칠 염려가 없는지 어떤지를 잘 생각해 보라.

말수가 적고 친절한 것은 여성의 가장 좋은 장식입니다.

말을 제대로 못했던 것을 유감으로 생각한다면 침묵을 지키지 못했던 것에는 백 번이라도 후회를 해야 합니다.

말 하나만으로 사람들을 하나로 모을 수 있습니다. 따라서 명확하게 말하고 진실만을 말하도록 해야 합니다. 진실함과 단순함처럼 사람들을 하나로 모으는 것은 없기 때문입니다.

말이 적으면 적을수록 일을 많이 하게 됩니다.

모든 사람이 살아갈 수 있는 것은, 그들의 마음속에 자기 자신만을 아끼는 마음이 아니라 남을 위해서 사랑하고 희생하는 마음이 있기 때문입니다.

남자와 여자의 할 일은 남들을 존경하는 것입니다.

모든 일에 있어서 성공을 결정짓는 첫째이며, 유일한 조건은 인내입니다.

　모든 행복한 가족들은 서로 서로 닮은 데가 많습니다. 그러나 모든 불행한 가족은 그 자신의 독특한 방법으로 불행합니다.

　몸에만 꼭 맞는 옷을 입기보다는 양심에 꼭 맞는 옷을 입는 것이 좋습니다.

물건을 사용할 때는 항상 그것이 다른 수고와 노력의 산물이라는 사실을 명심해야 합니다. 따라서 물건을 망가뜨리게 되면 그 물건은 물론, 그것을 만든 사람의 수고와 노력까지 없앤다는 사실을 명심해야 합니다.

무엇을 물어보든 숨기면 안 됩니다. 그러나 묻지 않으면 나쁜 일을 떠벌리고 자랑해서는 안 됩니다.

미워하는 사람까지 사랑한다면 이 세상에 적은 없게 될 것입니다.

믿음이야말로 삶의 의미를 깨닫게 하는 것이며 삶과 관련된 의무와 책임을 받아들이게 하는 것입니다.

비록 하루도 빠지지 않고 일을 할 필요가 없다 하더라도 하루라도 일하지 않는 것은 죄악입니다.

복되게 산 사람은 현재의 순간에 만족하기 때문에 죽음 뒤를 생각하지 않습니다. 혹시라도 죽음을 생각하게 될 일이 있으면 그는 자기에게 주어진 삶을 어떻게 살아갈 것인가 계획을 세우고 죽음 뒤에도 지금처럼 모든 것이 좋아지기를 원합니다. 하느님이 우리 인간을 위하여 창조한 그 모든 것이 낙원의 기쁨보다 좋다고 믿는 것이 훨씬 좋습니다.

부단한 노력 끝에 감각적이고 물질적인 삶에서 자유로운 사람만이 진정한 인생 목적을 알게 되는 것입니다.

아름답게 말을 꾸미는 사람은 거짓말을 하거나 자신을 드높이려는 사람입니다. 이런 사람의 말을 절대로 믿어서는 안 됩니다. 참된 말은 언제나 명확하여 모든 사람이 헤아릴 수 있는 것입니다.

분노는 한때의 광기입니다. 그러므로 이 감정을 억제하지 않으면 당신은 분노에 사로잡힐 것입니다.

　분노를 없애려면 정말이지 아무 것도 하지 말아야 합니다. 걷지도 말고 움직이지도 말고 입도 뻥긋하지 말아야 합니다. 몸을 움직이거나 혀를 움직이는 순간 분노는 커질 것이기 때문입니다. 화를 내면 주위의 사람들은 많은 상처를 입습니다. 그러나 그것보다 더 큰 상처를 입는 사람은 바로 화를 내는 당사자입니다.

사람은 사랑함으로써 살아가는 것입니다. 자신을 사랑하는 그 순간부터 죽음이 시작되며 다른 사람과 하느님을 사랑하는 순간부터 삶이 시작되는 것입니다.

　사람은 누구나 할 것 없이 자신만의 짐을 지니고 살아가나 다른 사람의 도움을 받지 않고는 살아갈 수 없습니다. 따라서 우리는 위로와 충고로 다른 사람을 도와주어야 합니다.

사람은 때때로 남의 결점을 파헤침으로써 자신의 존재를 돋보이려고 합니다. 그러나 그렇게 함으로써 자신의 결점을 드러내는 것입니다. 사람은 총명하고 선량하면 할수록 남의 좋은 점을 발견합니다. 그러나 어리석고 짓궂으면 그럴수록 남의 결점을 찾습니다.

사람은 벌하고 싶은 욕구는 가장 저질적인 동물적 감정이라는 것을 기억해야 합니다. 그 감정의 욕구대로 움직인다는 것은 슬기로운 행동이 아니라 스스로를 타락시키는 행동입니다.

사람의 인품은 그 사람의 장점을 통해서 판단해서는 안 되며 그 사람이 그 사람의 장점을 어떻게 운용하고 있는가를 판단해야 합니다.

사람은 죽기 마련이나 사는 동안에 체득한 지혜는 죽음과 함께 사라지지 않습니다. 인류는 계속해서 지혜를 보존했고 후손들은 먼저 산 사람들의 지혜를 활용하며 살아가고 있으며 살아갈 것입니다.

　사람이 나아졌다고 하는 판단은 그 사람이 정신적으로 어느 정도 자유로운가에 달려 있습니다. 자신을 고집하지 않으면 않을수록 그 사람은 그만큼 자유를 가지게 되는 것입니다.

　사람이 깊은 지혜를 갖고 있으면 있을수록 자기의 생각을 나타내는 그의 말은 더욱 더 단순하게 되는 것입니다. 말은 사상의 표현입니다.

　사랑으로 주어진 선물인 마음의 평화, 안정, 기쁨, 그리고 대담무쌍함은 이 세상에 비교할 것이 없을 정도로 거룩한 것이며, 사랑의 진정한 축복을 아는 사람에게는 더욱이 그렇습니다.

　사랑은 사람을 행복하게 합니다. 왜냐하면 사랑은 인간과 하느님을 맺어주기 때문입니다.

사랑을 함으로써 사람들은 단결하고 하나가 됩니다. 또한 사람 각자에게 있는 보편적인 지성이 연합을 뒷받침해줄 것입니다.

사랑이란 자기 희생입니다. 그것은 우연에 의지하지 않는 유일한 행복입니다.

사랑하는 사람과 순수한 양심을 가진 사람에게 인생은 달콤하고도 유쾌합니다.

부란 분뇨와 같아서 그것이 축적되면 악취를 내고, 뿌려지게 되면 땅을 비옥하게 합니다.

사상은 자유로우며, 그 어떤 것에도 영향을 받지 않는 듯이 보입니다. 그러나 우리 인간의 내부에는 사상보다 강하고 사상을 지배하는 그 무엇이 있습니다.

살림을 못하는 여자는 집에 있어도 행복하지 않으며, 집에서 행복하지 못한 여자는 어디를 가도 행복할 수 없습니다.

삶을 깊이 이해하면 할수록 죽음으로 인한 슬픔은 그만큼 줄어들 것입니다.

삶의 기본 원칙은 악한 행위를 금하고 믿고 따를 인생의 길을 보여줍니다. 하지만 쓸데없는 수많은 지식은 알량한 자존심만 키우게 할 뿐만 아니라 삶의 기본 원칙을 깨닫지 못하게 할 것입니다.

세상 사람들이 경멸하고 비방하는 사람 가운데도 착한 사람을 찾아보아야 합니다.

세상에는 배울 것이 수없이 많습니다. 하지만 인생의 의미와 사회에 유익이 없으면 모든 학문과 예술은 쓸모가 없게 될 뿐만 아니라 인생에 해만 끼치는 오락거리로 전락하게 됩니다.

선을 믿기 위해서는, 그것을 실천해야 합니다. 어떤 선행이 어떠한 목적 아래에 행하여진다면, 그것은 이미 선행이 아닙니다. 목적이 전혀 없을 때에 비로소 참된 선행이 되는 것입니다. 착한 사람이란, 자신의 죄는 언제까지나 잊지 않고 자신의 선행은 곧 잊어버리는, 그러한 사람입니다.

선을 행함에는 노력이 필요합니다. 그러나 악을 억제하려면 보다 더 노력이 필요합니다.

수로를 관통함으로써 양쪽의 물이 똑같아지는 것처럼, 지혜의 속성 가운데 현자의 지혜가 무지한 자의 지혜로 가는 것이 있다면 정말이지 그보다 좋은 일은 없을 것입니다. 그러나 문제는 지혜는 스스로 헤아려야 한다는 것입니다. 곧 지혜란 스스로 애쓰고 얻어지는 것입니다.

‘쉴새없이 보다 나은 사람이 되기 위해 노력하자.’ 여기에 인생의 참된 의미가 포함되어 있습니다. 어떻게 계속해서 앞으로만 나아갈 것인가. 그것은 오직 노력에 의해서 가능합니다. 노력이 없이는 결코 나은 사람이 될 수 없습니다.

인생의 목적과 그것을 성취하는 방법을 깨닫는 것이 바로 지혜입니다.

어떤 것도 두려워하지 않고 대의를 위하여 기꺼이 목숨을 버릴 준비가 된 사람은 다른 사람을 벌벌 떨게 하고 다른 사람의 목숨을 좌지우지하는 사람보다도 강합니다.

우리는 각자의 마음속에, 그리고 이 세계 속에 있는 선함이 실현될 것이라고 믿어야만 합니다. 믿음이야말로 선함이 실현될 수 있는 최고의 조건이기 때문입니다.

시간은 흘러가 버리지만, 한 번 입밖에 낸 말은 그대로 남습니다.

시간은 한 순간도 쉬는 일이 없는 무한한 움직임입니다.

우리가 날씨를 변화시키고 구름을 없애지 못하는 것처럼 이 세상의 악을 없애는 것은 불가능합니다. 다른 사람을 가르치기보다는 우리 자신을 향상시킨다면 이 세상에 악은 줄어들 것이고 모든 사람들이 더욱더 나은 생활을 하게 될 것입니다.

우리는 가난을 예찬하지는 않습니다. 다만 가난에 굴하지 않는 사람을 예찬할 뿐입니다.

우리는 다른 사람을 판단하곤 합니다. 누구는 마음이 착하고 누구는 멍청하며 누구는 사악하고 누구는 총명하다고 합니다. 하지만 그렇게 해서는 안 됩니다. 사람은 항상 변하기 때문입니다. 다시 말해 사람이란 흐르는 강물 같아 하루 하루가 다르고 새롭습니다. 어리석었던 사람이 현명하게 되기도 하고 악했던 사람이 진실로 착하게 되기도 합니다. 다른 사람을 판단하지 마십시오. 그 사람을 책망하는 순간 그 사람은 다르게 변할 것이기 때문입니다.

우리의 삶의 모습은 우리 의식과 이성의 요구와 반드시 일치하지 않습니다.

우리의 행위는 우리를 둘러싸고 있는 사람들의 욕망에 의해 결정할 것이 아니라 모든 인류의 필요에 의해 결정해야만 합니다.

예술 작품에 대하여 이렇다 저렇다 말하는 것은 정말이지 쓸데없이 시간을 보내는 것입니다. 예술은 오직 자신만의 언어로 말하며 따라서 예술에 대해 말하는 것은 쓸모가 없다는 것을 알고 있는 사람이야말로 진실로 예술 작품을 이해하고 헤아리는 사람입니다.

예술은 우리가 도달한 최고, 최상의 감성을 다른 사람들에게 전하는 것을 목적으로 삼는 인간 활동입니다.

원하건 원치 않건 인간은 다른 사람들과 관련을 맺지 않을 수 없습니다. 인간은 생업 활동을 하면서, 그리고 지식과 예술 작품을 나누면서 연결되어 있고, 무엇보다도 도덕적 의무로 연결되어 있습니다.

이마에 땀을 흘리며 그 날의 빵을 구하라.

이 무한한 세계에서 자신은 유한한 존재라는 의식, 그리고 죄의식은 영원히 존재할 것입니다.

이 세상에 죽음만큼 확실한 것은 없습니다. 그런데 사람들은 겨우살이 준비하면서도 죽음은 준비하지 않습니다.

이제껏 나에게 최대의 손실을 준 것은 공연한 참견입니다.

인간은 강과 같습니다. 물은 어느 강에서나 마찬가지며 어디를 가도 변함 없습니다. 그러나 강은 큰 강이 있는가 하면 좁은 강도 있으며, 고여있는 물이 있는가 하면 급류도 있고, 맑은 물과 흐린 물, 차가운 물과 따스한 물도 있습니다. 인간도 바로 이와 같은 것입니다.

인간은 서로 도우면서 살아갑니다. 곧 도움을 주기도 하고 도움을 받기도 합니다. 그러나 세상은 어찌된 노릇인지 도움을 주는 사람이 있는가 하면 도움을 받기만 하는 사람도 있습니다.

　인간은 서로서로 도와주어야만 합니다. 친구나 형제로부터 도움을 받은 사람은 물질로서 뿐만 아니라 사랑과 존경심과 감사하는 마음으로 되돌려 주어야만 합니다.

인간은 이성을 가진 피조물입니다. 그런데 왜 인간은 사회 생활을 이성이 아닌 폭력으로 하려는 겁니까?

인간은 자기가 옳다고 생각하는 일, 될 수 있으면 많은 것을 자기의 것으로 삼기를 인생의 목표로 삼고 있습니다.

인간이 만든 법률을 따르는 것은 우리를 노예로 만드는 것이고, 신이 만든 법칙에 따르는 것은 우리를 자유롭게 하는 것입니다.

인간이 살아가는 방법에 변화가 생겨남은 당연한 일입니다. 그러나 인간은 그 변화를 어디까지나 외부적인 조건의 소산이 되게 하지말고 영혼의 소산이 되게끔 하지 않으면 안될 줄 압니다. 세상에서 가치가 있는 것은 사랑뿐입니다.

인간이 저지르는 악행에는 오직 두 가지의 원인이 있을 따름입니다. 그것은 게으름과 미신입니다. 또한 이와 마찬가지로 선행에도 겨우 이와 같은 두 가지 원인이 있을 따름입니다. 활동과 슬기 바로 그것입니다.

인류가 어디를 향해 가고 있는가 우리 인간은 알 수 없습니다. 따라서 자신이 가야만 할 길, 곧 자기 완성을 향하여 가는 길임을 아는 사람이야말로 가장 지혜로운 사람입니다.

자기 자신과 모든 살아있는 것들이 특별한 관계를 가지고
있다는 생각을 방해하는 모든 것들을 자신 속에서 추방시켜
야만 합니다.

자신을 자유롭게 하려면 물질적인 생활에 머물지 않고 정신
적인 생활을 해야만 합니다.

　자유롭고자 한다면 자기의 욕망을 누를 수 있도록 자신을 훈련시켜라.

　일과 오락이 규칙적으로 교대하면서 서로 조화가 이루어진다면 생활은 즐거운 것이 됩니다. 그러나 어떤 특정한 일이나 오락만으로는 그렇게 될 수 없습니다.

　전력을 다해서 시간에 대항하라.

　잘못된 사회를 치유하는 유일한 방법이 있습니다. 그것은 사람들을 계도하고 단련시키는 것입니다. 사람들을 계도하고 단련시키기 위한 유일한 방법이 있습니다. 그것은 자신을 더욱 단련시키는 것입니다.

　전쟁은 가장 비열하고 부패한 인간들이 그 속에서 힘과 영광을 얻게 되는 상황을 만듭니다.

전쟁은 지휘관들이 막을 수 있는 것이 아니라 전쟁에 이유 없이 끌려온 군인들이 막을 수 있습니다. 군인들이야말로 가장 자연스럽게 전쟁을 막을 수 있습니다. 명령에 불복종하면 되기 때문입니다.

전쟁처럼 악하고 소름끼치는 일은 이 세상 어디에도 없습니다.

절망으로부터의 유일한 피난처는, 세상에서 자아를 포기하는 것입니다.

절제란 단 한번에 이루어지지 않고 꾸준한 노력에 의해서만 가능합니다. 이런 노력을 하는 사람은 정욕을 생활에서 줄이기보다는 정욕을 완전히 떨쳐내려는 쪽으로 향해야 합니다. 인내심을 가지고 꾸준히 해나가야 결국 정욕을 완전히 떨쳐낼 것입니다.

정신을 단련시키고 노력하면 할수록 죽음을 두려워하지 않게 됩니다. 그런 사람에게 죽음이란 단지 육체에서 영혼을 떼어놓는 행위에 불과합니다. 정신을 살찌운 사람은 자기가 살고 있는 세계가 죽음으로써 결코 없어지지 않는다는 것을 알고 있습니다.

　정성과 마음을 다하고 생각이 깊은 사람일수록 상대방에게서 정성과 진실한 마음을 더욱더 발견하게 됩니다.

조금 화가 나면 행동을 하기 전에, 또는 말을 하기 전에 열을 세라. 몹시 화가 났을 때는 백을 세라. 화가 나면 날 때마다 이 사실을 상기하면 숫자를 셀 필요조차 없어집니다.

진리의 삶을 추구하십시오. 그것은 항상 우리가 당연히 할 일과 당연히 하지 말아야 할 일, 그리고 하던 가운데도 그쳐야만 할 일을 보여줍니다.

　죽음을 두려워하는 이유는 죄를 헤아리는 데서 비롯됩니다.

　죽음의 공포보다 강한 것은 사랑의 감정입니다. 헤엄을 못
치는 아버지가 물에 빠진 자식을 건지기 위해서 물 속에 뛰어
드는 것은 사랑의 감정이 시킨 것입니다. 사랑은 나 이외의
사람에 대한 행복을 위해서 발이 되는 것입니다. 인생사는 수
많은 모습이 있지만 그것을 해결할 길은 오직 사랑뿐입니다.
사랑은 나 자신을 위해서는 약하고 남을 위해서는 강합니다.

　진리를 받아들이고 우리의 죄를 뉘우치는 순간 우리는 살아
가면서 어느 누구도 특권을 가질 수 없다는 것을 깨닫게 됩니
다. 우리의 의무에는 한계가 없습니다. 우리에게 주어진 가장
중요하고 우선되는 의무는 우리의 삶과 다른 사람의 삶을 위
하여 살아가는 것입니다.

진리란 기쁨일 뿐만 아니라 폭력보다도 강합니다.

진실이 진실로써 들리게 하려면 정성과 마음을 다하여 말해야만 합니다. 다른 사람에게 전달한 메시지가 제대로 이해되지 않았을 때는 적어도 두 가지 가운데 하나일 것입니다. 곧 거짓말을 하였던가 아니면 정성과 마음을 다하지 않았거나일 것입니다.

진실하고 올바른 믿음을 전파해야 세계가 진보되는 것입니다.

진정한 사랑은 말에 있지 않고 행동에 있으며 그런 사랑만이 우리에게 진정한 지혜를 줍니다.

진정한 예술은 분장을 할 필요가 없습니다.

지혜는 순수하기 이를 데 없는 것입니다. 지혜를 얻게 되면 영혼이 평안함을 느낄 것입니다.

지혜는 헤아릴 수 없습니다. 지혜에 가까이 가면 갈수록 지혜는 더욱 삶에 중요하게 다가오기 때문입니다. 지혜로운 우리의 삶은 시시각각 좋은 모습으로 변하는 것입니다.

착하고 올바르게 사는데 따른 보상이 무엇입니까? 그렇게 사는 가운데 기쁨을 누리는 것이 그 보상입니다. 그것 이외에 다른 것을 바란다면 기쁜 마음이 없어지는 법입니다.

착하고 올바른 사람이라 칭함을 받는 사람이 실수를 인정하지 않고 항상 자신을 변호하려 든다면 악하고 옳지 않은 사람이 되는 것입니다.

착한 일을 행하려고 힘쓰고 애쓰는 것이 중요합니다. 그러나 좋지 못한 일을 하지 않도록 힘쓰고 애쓰는 것이 더욱 중요합니다.

참으로 중요한 일에 종사하고 있는 사람은 모두 그 생활에 있어서 단순합니다. 왜냐하면 그들은 쓸데없는 일에 마음을 쓸 겨를이 없기 때문입니다.

책망을 받고 고쳐야 될 것은 없습니까? 있으리라 받아들이고 자신이 직접 찾아내도록 노력해야 합니다.

친절은 이 세상을 아름답게 만들며 모든 비난을 해결합니다. 그리고 얽힌 것을 풀어헤치고, 어려운 일을 수월하게 만들고, 암담한 것을 즐거움으로 바꿉니다.

평범한 지식을 산더미처럼 쌓는 것보다 삶에 필요한 지식을 조금 아는 것이 현명한 것입니다.

하늘과 땅, 그리고 대기는 우리 모두의 것입니다. 그것은 소유의 대상이 될 수 없는 것입니다.

하루도 빠짐없이 기도하는 것이 좋습니다. 그러나 마음이 정리되지 않으면 기도하지 않는 것이 좋습니다. 왜냐하면 기도는 단순히 혀로 하는 것이 아니라 가슴으로 하는 것이기 때문입니다.

한 마디의 말로 사람들의 연합을 깨트릴까 항상 주의해야 합니다.

학자란 모름지기 공부를 많이 한 사람입니다. 교양이 있는 사람은 지식뿐만 아니라 예절을 겸비한 사람입니다. 남을 일 깨워주는 사람은 인생의 의미와 목적을 완전히 깨달은 사람입니다.

한 사람의 상대자를 평생 동안 사랑할 수 있다고 단언하는 것은 한 자루의 초가 평생 동안 탈 수 있다고 단언하는 것과 마찬가지입니다.

한 해의 가장 큰 행복은 한 해의 마지막에서 그 해의 처음보다 훨씬 나아진 자신을 느낄 때입니다.

현명하고자 한다면 현명하게 질문을 하는 방법, 주의를 깊게 듣는 태도, 그리고 더 이상 할 말이 없을 때 말을 그치는 방법을 알아야만 합니다.

현명한 사람은 자신이 결코 현명하다고 생각하는 법이 없으며, 나아가 자신에게 하느님의 모습이 드러난다 하더라도 자신을 드러내지 않습니다.

혼자 생활을 하거나 다른 사람들과 관계를 맺으며 생활을 하거나 단 한 가지 지켜야 할 원칙이 있습니다. 곧 인생을 가치 있게 살고자 원한다면 기꺼이 자신을 희생할 준비가 되어 있어야 한다는 것입니다.

후회해봤자 소용없다는 말이 있지만 후회한다고 이미 늦은 것은 아닙니다.

슈바이처

가장 중요한 것은 나의 내부에서 빛이 꺼지지 않도록 노력하는 일입니다.
안에 빛이 있으면 스스로 밖이 빛나는 법입니다.

가장 중요한 것은 나의 내부에서 빛이 꺼지지 않도록 노력하는 일입니다. 안에 빛이 있으면 스스로 밖이 빛나는 법입니다.

나는 나무에서 잎사귀 하나라도 의미가 없이는 뜯지 않습니다. 한 포기의 들꽃도 꺾지 않습니다. 벌레도 밟지 않도록 조심합니다. 여름밤 램프 밑에서 일할 때 많은 벌레의 날개가 타서 책상 위에 떨어지는 것을 보는 것보다는 차라리 창문을 닫고 무더운 공기를 호흡합니다.

당신은 당신의 동료들을 위하여 잠시라도 시간을 할애해야 합니다. 비록 작은 것이라고 해도, 당신은 남들을 위하여 어떤 것을 해야 합니다. 그것은 당신에게 돈을 안겨주는 것이 아닐 수도 있습니다. 그러나 그것은 당신의 자존심을 강화시켜 주는 것입니다.

나는 살려고 하는 여러 생명 중의 하나로 이 세상에 살고 있습니다. 생명에 관해 생각할 때, 어떤 생명체도 나와 똑같이 살려고 하는 의지를 가지고 있습니다. 다른 모든 생명도 나의 생명과 같으며, 신비한 가치를 가졌고, 따라서 존중하는 의무를 느낍니다. 선의 근본은 생명을 존중하고 사랑하고 보호하고 높이는 데 있으며, 악은 이와 반대로 생명을 죽이고 해치고 올바른 성장을 막는 것을 뜻합니다.

나무에는 해마다 같은 열매가 열리지만 실은 그것은 매번 새로운 열매입니다. 마찬가지로 사색에 있어서도 모든 항구적인 가치가 있는 사상이 늘 새롭게 나타나지 않으면 안 됩니다. 그런데, 현대도 회의주의라는 열매 맺지 못하는 나뭇가지에 진리의 열매를 매달고 익혀 보려고 애씁니다.

독서는 단지 지식의 재료를 공급할 뿐입니다. 그것을 자기의 것으로 만드는 것은 사색의 힘입니다.

소년기의 이상주의 속에서야말로 인간에게 진리가 인식되는 것이며, 소년기의 이상주의야말로 무엇과도 바꿀 수 없는 인간의 부입니다.

우리는 모두 한데 모여 북적대며 살고 있습니다. 그러나 우리는 너무나 고독해서 죽어 가고 있습니다.

우리들이 언제나 소년기와 똑같은 생각을 하고 느낄 수 있도록 생애를 통해서 노력하지 않으면 안 된다는 확신은 충실한 조언과도 같이 나의 인생 항로에 힘을 주었습니다. 나도 세상이 성숙한 인간으로 보아주는 그런 것이 되는 것에 본능적으로 반항했습니다.

진정으로 행복해지려는 사람은 남을 섬기는 방법을 발견한 사람입니다.

우리에게 있어서 가장 근본적인 것은 우리 자신 속에 빛을 가지려고 노력하는 것입니다. 그러면 남들은 우리의 노력을 인정할 것입니다. 만일 사람들이 그들 자신 속에 빛을 가진다면, 그것은 그들로부터 비쳐 나올 것입니다. 그러면 우리는 서로의 얼굴을 주먹으로 때리거나, 서로의 마음을 괴롭히지 아니하고 암흑 속을 어떻게 걸어다녀야 할 지를 알게 될 것입니다.

이상의 힘은 계산할 수가 없는 것입니다. 우리는 떨어지는 물방울에서는 힘을 볼 수가 없습니다. 그러나 그것이 바위틈 속으로 들어가서 얼어붙는다면 그것은 바위를 파괴시킵니다. 물은 증기가 되면 가장 강한 엔진들의 피스톤을 움직입니다. 이처럼 아이디어 속에는 막강한 힘이 있습니다.

인간의 미래는 인간의 마음에 있습니다.

진리에 대한 의지와 마찬가지로 성실성에 대한 의지도 강하지 않으면 안 됩니다. 성실성에 대해 박수를 쳐줄 수 있는 시대만이 그 속에서 정신력으로 살아 움직이는 진리를 소유할 수 있습니다. 성실성이란 정신 생활의 기본입니다. 성실성이 튼튼히 자리하는 곳에 평온함이 깃들입니다. 평온함은 성실성의 깃발입니다.

적십자는 어둠을 밝히는 등불입니다. 이 등불이 꺼지지 않도록 하는 것은 우리 모두의 의무입니다.

지드, 실러, 위고

시간의 걸음걸이에는 세 가지가 있습니다. 미래는 주저하면서 다가오고,
현재는 화살처럼 날아가고, 과거는 영원히 정지하고 있습니다.

　－지드

　가장 큰 행복이란, 사랑하고 그 사랑을 고백하는 것입니다.

　개조해야 할 것은 세계뿐이 아니라 인간입니다. 그 새로운
인간은 어디서 나타날 것인가? 그것은 결코 외부로부터 오지
않습니다. 그것은 자신 속에서 발견된다는 것을 깨달아야 합
니다.

　나는 존재합니다. 그러나 나는 그 존재의 이유를 발견하고
싶은 것입니다. 왜 내가 살고 있는지를 알고 싶은 것입니다.

　정확히 비판하려면 비판의 대상을 사랑하면서, 일정한 거리
를 두고 대상에서 떨어지는 것이 중요합니다.

나라의 일, 남의 일, 자기의 일을 비판하는 데도 마찬가지입니다.

　남도 그대만큼 할 수 있는 일이라면 하지를 말라. 남도 그대만큼 할 수 있는 말이라면 말하지 말라. 쓰는 것도 마찬가지이다. 오직 그대 자신 속에 존재하는 것에 충실하라. 그렇게 함으로써 그대 자신을 없어서는 안 될 존재로 만들라.

　당신이 아무 할말도 없거나 별로 숨길 것이 없을 때는 크게 조심하지 않아도 됩니다.

−실러

미지를 향해 출발하는 사람은 누구나 외로운 모험에 만족해
야 합니다.

사랑을 하는 사람의 최대 행복은 자기 사랑을 고백하는 데
있습니다.

이해는 찬성의 시작입니다.

아아! 청춘, 사람은 그것을 일시적으로 소유할 뿐, 그 나머
지 시간은 회상할 뿐입니다.

행복하게 되는 비결은 쾌락을 얻으려고 한결같이 노력하
는 것이 아니라, 노력 그 자체 속에서 쾌락을 찾아내는 것입
니다.

강한 사람이란 가장 훌륭하게 고독을 견디어 낸 사람입니다.

기회는 새와 같은 것, 날아가기 전에 꼭 잡아라!

사랑의 가망이 없어졌는데도 불구하고 사랑하는 마음을 버리지 않는 남자만이 사랑을 진실로 아는 남자입니다.

새를 잡으려면, 나뭇가지에 앉아 있을 때 잡지 않으면 안 됩니다. 새가 날아가 버리면 끝장이며, 날개를 가지고 있지 않은 인간은 그 새를 뒤쫓아가서 잡을 수는 없습니다.

술은 아무 것도 발명하지 않습니다. 다만 비밀을 누설할 뿐입니다.

시간의 걸음걸이에는 세 가지가 있습니다. 미래는 주저하면서 다가오고, 현재는 화살처럼 날아가고, 과거는 영원히 정지하고 있습니다.

어떠한 인간도 자기 자신의 규율에 따라서 자유로이 살고 싶다고 생각합니다.

오직 한 가지 순수한 것은 깨끗한 사랑뿐입니다.

우정은 기쁨을 두 배로 하고 슬픔을 반감시킵니다.

유익한 말은 꾸밈없는 입에서 나올 때가 많습니다.

이해 관계를 떠나야 참된 사랑을 가질 수 있습니다.

자기를 알고 싶거든 남과 남의 일을 살펴보아라. 남을 알고
싶거든 제 마음속을 들여다보아라.

지나치게 반성하는 사람은 성취하는 것이 별로 없습니다.

진리는 적이건 아군이건 모두 초월합니다.

-위고

  나는 사랑에 빠져있는 아주 가난하고 젊은 남자를 만났습니다. 그의 모자는 다 낡고 외투는 해졌으며 팔꿈치가 튀어나와 있었고 구두는 물이 샜지만 그의 영혼에는 별들이 지나가고 있었습니다.

  노력을 중단하는 것보다 더 위험한 것은 없습니다. 그것은 습관을 잃습니다. 습관은 버리기는 쉽지만, 다시 가져오기는 어렵습니다.

눈과 입이 각각 다른 말을 할 때는 눈이 하는 말을 믿어라. 역시 눈은 다른 말을 하지 않습니다.

미래는 누구의 것도 아닙니다. 미래는 오직 하느님의 것일 따름입니다.

사고는 이성의 노동이고 공상은 그 즐거움입니다.

의는 인간을 자유롭게 하고, 자유로운 인간을 위대하게 합니다.

사람이 자기의 미래에 관하여 너무 알고 나면, 그의 일생은 항상 끝없는 기쁨과 공포가 뒤얽히어 한순간도 평안할 때가 없을 것입니다.

어느 한 사람이 생각에 잠겨있는 것을 보고서 농땡이를 피운다고 나무라서는 안 됩니다. 일이라는 것은 눈에 보이는 일과 눈에 보이지 않는 일, 두 가지가 있기 때문입니다.

이 세상에서 좋은 학교가 많으면 많을수록 감옥의 문은 닫게 됩니다.

인간에게는 세 가지 싸움이 있습니다. 첫째는 인간과 자연과의 싸움이요, 둘째는 인간과 사회와의 싸움이요, 셋째는 인간과 마음과의 싸움입니다.

인간 최고의 의무는 타인을 기억하는 데 있습니다.

인생에 있어서 최고의 행복은 우리가 사랑을 받고 있다는 확신입니다.

인생이 엄숙하면 할수록 웃음은 필요합니다.

자신이 행복한지 불행한지 모를 만큼 바쁜 사람이 가장 행복한 사람입니다.

행복이란 큰 공장에서 마구 만들어 내는 것이 아니라, 집에서 수공으로 만들어내는 것입니다.

살아가는 동안 마음에 꼭 심어야 할 좋은 씨앗들

초판1쇄 인쇄 | 2005년 4월 7일
초판1쇄 발행 | 2005년 4월 8일

지은이 | 윤영준
펴낸이 | 박대용
펴낸곳 | 도서출판 징검다리

주소 | 413-834 경기도 파주시 교하읍 산남리 292-8
전화 | 031)957-3890, 3891 팩스 | 031)957-3889
이메일 | zinggumdari@hanmail.net

출판등록 | 제10-1574호
등록일자 | 1998년 4월 3일

ISBN 89-88246-84-5   03810

노은주 지음/값 8,700원

우리들에게 남겨진 시간

한 번 뿐인 인생을 후회없이 가장 아름답고 소중하게 만들어 줄 등대지기!

나 역시 누군가에게 작은 위로자로 다가서고 싶은 소박한 갈망과 기도를, 이 책이 준 아름다운 선물로 받아들이며 누구에게나 이 책의 일독을 권하고 싶다.

- 이해인 (수녀, 시인) -추천의 글 중에서

박병규 글·그림/값 8,700원

초등학생들이 가장 많이 선물 받는 책

쪼기의 하루

보면 볼수록 저절로 즐거워집니다.

온 가족이 함께 돌려 보는 "생각하는 동화"

쪼기와 쪼미, 그리고 그의 친구들이 함께 만들어 가는 재미있고 아름다운 이야기!

쪼기,쪼미 캐릭터 인형을 드립니다.

김경미 지음/값 9,000원

사랑은 시작하는 순간부터 추억이 된다

읽는 책이 아닌 보는 책으로 광고 카피를 보듯 짧지만 간결한 문체에 호소력을 지녀 저절로 고개가 끄덕여지도록 한다. 또한 여러 사물과 생명이 있는 모든 것에 의미를 부여하기도 하고 비유법을 사용, 재치 있는 글의 묘미를 느낄 수 있다.

노량진 젓갈 할머니에서 대학교 장학회 이사장이 되기까지

이것은 한권의 책이 아니라 대한민국이 나아가야만 할 정신이다

유양선 지음/값 8,500원

나는 한밤중에도 깨어있고 싶다

평범한 사람들의 결코 평범하지 않은 인생. 어떤 위인전기보다, 대하 장편보다 교훈적이며 극적인 삶이 세상 곳곳에 있다.

-조선일보 박선이 기자

이 책은 삶의 열정과 그 삶을 지탱해 주는 힘의 원동력에 대한 다큐멘터리이다. 너무나 힘들고 찌들어 꺼져가는 삶의 가장 밑바닥에서도 포기하지 않고 온갖 시련과 자신을 둘러싼 벽들을 뚫고 당당히 많은 부를 성취하여 그 전재산을 사회에 기부하고 칠순이 된 지금 가장 행복하고 축복된 나날이라며 이제야 세상 살맛이 난다고 한다.